**desaviso**

Roberto Soares

# desaviso

Copyright © 2025 Roberto Soares
*Desaviso* © Editora Reformatório

Editor:
Marcelo Nocelli

Revisão:
Marcelo Nocelli
Natália Souza

Imagem de capa:
Freepik (www.freepik.com)

Design, editoração eletrônica e capa:
Karina Tenório

Dados Internacionais de Catalogação na Publicação (CIP)
Bibliotecária Juliana Farias Motta CRB7/5880

---

Soares, Roberto
    Desaviso / Roberto Soares. – São Paulo: Nocelli, 2025.
    218 p.: il.; 14x21 cm.

    ISBN: 978-65-998800-4-9

    1. Romance brasileiro. I. Título.
S676d                                     CDD B869.3

---

Índice para catálogo sistemático:
1. Romance brasileiro

Todos os direitos desta edição reservados à:

EDITORA NOCELLI LTDA
www.reformatorio.com.br

*Para Amanda, meu refúgio.*

# sumário

primeira parte, 11

segunda parte, 83

terceira parte, 187

O mais importante está lá atrás, no
fundo das casas onde estagna o cheiro
dos corpos nus. De lá saem as grandes
descobertas, os vícios, os filhos, as ideias
que fazem avançar o mundo, a morte.

**Dino Buzzati**

**primeira parte**

# Filho

Chego até a janela e olho lá fora. É novembro. Enquanto desabotoava a camisa e enxugava o suor do pescoço, os galhos balançavam no quintal. Talvez chovesse, pensei, acompanhando a nuvem gorda e cinza na direção do riacho. Outra nuvem surgiu por detrás da casa e cobriu de vez o sol. Dois pássaros voaram, céleres. Era certo que choveria forte. Quem sabe a ventania e as bátegas derrubariam um ninho com filhotes, cujos pais não voltaram, e os biquinhos permaneceriam abertos depois de afogados na enxurrada. Nikolai Leskov, em um dos seus livros, se referindo a algum recanto da Sibéria, disse: "Em cujo clima é até uma alegria a gente se matar". Mas não se trata apenas da Sibéria, tampouco de clima. Por aqui é novembro, primavera. Esqueço que fui até ali tomar uns minutos de brisa que refrescasse e aliviasse a modorra do quarto: a cama desfeita, o guarda-roupas fúnebre, a escrivaninha com um livro aberto. Faz duas semanas que já devia ter levado para a sala os outros livros empilhados na mesinha de cabeceira. Preciso recolher três bitucas de cigarro, devolver os copos na cozinha. Havia planos tão melhores que isso. Os bulevares de Baudelaire, a Perspectiva Niévski, Josefov em Praga.

Minha irmã bate à porta. Ela sabe que não precisa esperar. Apesar de sermos antigos confidentes, mantém certa cerimônia. Quer saber se quero dos bolinhos que acabou de fritar. Antecipando a chuva?, pergunto, e ela vem até a janela. Amanhã podemos recolher pássaros mortos, digo. Então me desembaraça uma mecha de cabelo e soprando no meu ouvido diz calmamente: sino.

Quando o pai chegava bêbado, a mãe nos trancava no quarto escuro. Se minha irmã tinha medo de sair enquanto ele não dormisse, o meu pavor era a escuridão. Nossos monstros habitavam mundos diferentes. Numa noite o pai bateu na porta, chamando o nome dela. Dias depois ela me deu um sino em miniatura. Era para que eu sempre tocasse pertinho do ouvido quando o pai a carregasse do quarto. Assim eu esqueceria o medo, e ela, lá com ele, ficaria bem quietinha tentando ouvir o sino.

Qual foi nossa época mais triste?, pergunto, com o ouvido dela colado nas minhas costas. E aumentando o tom de voz continuo — colocou canela nos bolinhos?

## Mãe

Por pouco não queima o feijão. Ver o menino robusto, correndo e subindo em árvore, é um alívio depois de tantas dificuldades na gravidez. Quando conto das idas ao médico, das duas semanas na incubadora, as pessoas arregalam os olhos. Se ele está por perto, despenteiam seus cabelos e apertam suas bochechas. E atestam uma saúde de ferro. Eu gosto de acreditar nisso, aliviada dos tormentos do primeiro ano, quando o pai pensava que seria um esforço à toa. Graças ao leite de cabra, ao mingau de aveia, ao caldo de feijão, agora meu serviço é vigiar para não se machucar nas brincadeiras brutas. Inventou de descobrir ninhos e não passa um dia sem que eu grite para descer das árvores. Toma o café correndo para sair no quintal e brincar até se cansar.

A irmã não consegue acompanhar todas as suas estripulias. Ela chega da escola, come e se fecha no quarto para as lições. Depois de o irmão insistir muito, sai para brincar antes que escureça. Juntos, as brincadeiras ficam tranquilas. Ela prefere que se sentem na grama para contar histórias. Às vezes jogam bola. Da porta da cozinha consigo acompanhar as idas e vindas dos dois. Pela janela, enquanto lavo louças ou preparo a comida, vigio o gramado. Desperdiço água. De vez em quando deixo queimar alguma coisa. Se eu pudesse ter mais um filho talvez estragasse tanta afinidade.

# Pai

Com cinco anos de casados minha mulher ainda não tinha engravidado. Eu desconfiava que ela tinha algum problema. O útero seco, dizia minha mãe. De minha parte não podia ser, porque tinha aquela história da juventude. Meus pais tiveram dificuldade de abafar, por causa do escândalo que a família de uma namoradinha fez. Então, minha mulher, no meio de um jantar revelou emocionada a gravidez. Dessa noite em diante, só se falava do bebê: o sexo, os cuidados, a boa educação. Eu embarcava nas suas fantasias. Juntos pensamos a decoração do quarto, os brinquedos e jogos, as melhores profissões. Mas ela não se cansava de explorar os detalhes, até que enchia o saco. Era como se eu não existisse mais.

Sua barriga crescendo bojuda me dava muito tesão, e de tanto insistir ela cedia. Só que, eu reparava no seu rosto e ela estava distante. Depois deixei de reparar. Eu tinha certeza de que era um menino. Ou melhor, sonhava com um garotinho para aprender as coisas de homem, para cuidar da loja da família, apesar das várias profissões que ela imaginava para ele. Minha mulher dizia não ter preferência. E nasceu uma menina tranquila e quieta que durante nove meses hibernava na barriga e, depois, se escondia pela casa.

Quando ela completou quatro anos, menos entusiasmada, minha mulher veio contar da nova gravidez e dos enjoos que vinha sentindo. Enjoado também ficou seu humor, por causa das dores, do inchaço nas pernas, das visitas ao médico.

Tive que contratar uma mocinha para ajudar no serviço da casa e também cuidar da menina. Muito devagar, coitada, sem cuidado com a louça e a poeira dos cantos e de cima dos móveis. Minha mulher ainda tentou ajudar. Mostrava a melhor maneira, mas na maloca onde aquela menina morava, higiene não devia ser o forte. Também devia estar acostumada com a preguiça, com a vagabundagem, como a maioria dessa gente.

O mau humor da minha esposa achou na falta de jeito da moça uma razão a mais para explodir. Às vezes, quando eu chegava do trabalho, as duas estavam em pé de guerra: uma emburrada no quartinho e a outra revoltada com a lentidão e a preguiça da empregada. Quando a situação ficou insuportável decidi despedi-la. Chorou e lamentou muito não poder ver o menino nascer. Até que era bonitinha, aquela menina.

## Mãe

Visitei a Josefa numa quarta-feira. Fui pegar com ela dois vestidos que tinha mandado costurar. Estava chovendo, por isso demorei por lá. A Josefa aproveitou para mostrar umas coisas novas que ela havia costurado e os crochês, sempre tão bonitos. Emendou conversas sem fim, a maioria delas, fofocas sobre vidas alheias.

O que ela poderia saber lá de casa? Se ela tinha tantas histórias de todo mundo, por que não saberia alguma da minha família? O que ela comenta sobre nós? Sempre temos algo a esconder. E uma coisa boba pode virar um escândalo.

Saí da Josefa no finzinho da tarde, quando parou a chuva. Era, sim, no fim da tarde, e voltava agasalhada com um cachecol que comprei dela. O que não lembro é se me atrasei ainda mais por ter passado no mercado ou no açougue. Se eu demorasse muito, meu marido já teria chegado do trabalho e o jantar não estaria pronto. Eu vinha preocupada. Sobre esse tempo gasto na Josefa até o retorno para casa a memória me confunde. Se passasse pelo mercado desviava dois quarteirões pela direita, se fosse até o açougue também desviaria dois, mas do lado contrário. Acho que sem desvios e distrações gasto quinze minutos andando da Josefa até em casa. Abri o portão e entrei pela porta da cozinha para deixar logo as compras. Peguei um pouco de água na geladeira e quase me engasgo, o relógio na parede não funcionava e pensei que não podia esquecer de avisar meu marido, coloquei dois copos e um prato dentro da pia, abri um armário procurando alguma coisa rápida para comer e achei a sobra de uma barra de chocolate, no dia anterior estava inteira na embalagem. O armário estava uma bagunça, toda semana é isso, e voltei a tomar água porque esses chocolates são muito doces, a pior marca, mas a empregada preferia e eu comprava, um agrado nunca é demais, sorri orgulhosa de mim mesma enquanto tirava as coisas da sacola, mas deixei pela metade por causa da vontade de fazer xixi, então fui no banheirinho que ficava encostado na cozinha, o barulho da urina na louça do vaso, o papel que tinha acabado, sempre essa falta de percepção para os serviços mais básicos, tive que me esticar toda para pegar outro rolo no armarinho de parede, me enxugo, dobro o papel úmido me abaixando para alcançar o cesto de lixo e, voltando o corpo para a frente, puxo a calcinha e a calça, e antes de dar a descarga ouço uma voz brava e um resmungar, de quem discute sem querer fazer barulho, então decidi prestar atenção, saí do banheiro devagarinho, sem dar a descarga. Atravessei a cozinha, e segui quieta pelo corredor que vai para os quartos, do lado direito o da minha filha, na esquerda o escritório, em seguida o quarto de hóspedes e no fundo o nosso, de onde vinham os resmungos, e de perto ouço os sons de respiração ofegante, de quem luta com os braços presos, de quem tem medo de gritar, eu quieta, vendo, atrás do batente, o meu marido, os olhos arregalados da empregada, as mãos dele, um peito da empregada, a boca do meu marido e o pescoço dela, a mão da empregada que consegue salvar o peito e a rapidez dele para levantar o vestido, a calcinha branca, as pernas que tentam esconder a intimidade, meu marido insistente, ela quase cedendo, e aí eu começo a voltar de costas, me viro silenciosa, chego até a porta de entrada e saio para apertar a campainha. Aguardo que tudo se acalme e cada qual procure o melhor lugar e a melhor cara de disfarce, e quem vem atender, despenteada, é a empregada, me ouvindo dizer que esqueci minha chave. Acho que foi depois desse episódio que comecei a ter mais problemas na gravidez do menino.

## Filha

Logo percebi que o rapaz gostava era do carro. Tinha sempre um sorriso bobo quando exibia a lataria lustrosa. E por dentro aquele cheiro enjoado de sândalo. Sua conversa era chata. Também fazia cara de submisso. Na tentativa de se mostrar respeitoso parecia um cachorro babão.

No carro, indo ao cinema, engrossava a voz, meio arrogante. Quando o conheci, de cara odiei seu sorriso mostrando as gengivas, a sua pele sempre com aparência de suada, a testa oleosa. Assim que completou dezoito anos, ganhou o carro. Dizia que trabalhava com o pai, mas desconfiei que só acordava ao meio-dia. Depois passava a tarde lustrando a lataria e escovando os bancos da sua paixão.

Ele se vangloriava me exibindo: minhas coxas grossas, decote saliente. Terminado o cinema, a lanchonete, depois ainda ficávamos cerca de meia hora estacionados em algum lugar escuro perto de casa. Assim que desligava o motor, vinha escorregando aquelas mãos sebosas. Com as gengivas saltadas queria, meio desesperado, me beijar a boca.

No terceiro encontro deixei que acariciasse os meus seios no decote e depois que apertasse com força. Estava aflito e com muita falta de jeito. É apenas um garoto. Suas mãos muitas vezes me machucavam, sua baba escorria pelo meu colo. O seu suor, em poucos minutos, molhava meu cabelo.

Custava, mas a meia hora depois eu insistia que devia entrar em casa e o deixava confuso com aquela excitação. Talvez para os amigos contasse grandes vantagens. Possivelmente, no seu quarto, aliviando a dor nos testículos, pensasse que eu sonhava com a pureza de um casamento tradicional.

No nosso último encontro trouxe um par de alianças para o noivado. Bonitas. Largas, brilhavam como seus olhos emocionados. Foi a primeira vez que me comovi com ele. Eu poderia não aceitar aquela proposta, mas estava concentrado, tranquilo, com as mãos quietas. Devia ter treinado aquelas frases por horas. E tanto trabalho na frente do espelho diminuiu o seu orgulho. Estava perfumado. Suas mãos úmidas não me incomodaram. Pedi que guardasse os anéis, fechei suas pálpebras e o beijei. Autorizei que me beijasse o pescoço com calma. Desci a alça do vestido e orientei sua mão até um dos meus seios. Se espantou, mas se conteve com a beleza deles. Abaixei devagar sua cabeça e expliquei como fazer. Depois guiei sua mão até minhas coxas, perto do joelho, em seguida mais para cima, e o libertei para seguir sozinho abrindo minhas pernas, me pegando com força. Meu erro foi querer agradar e retribuir aquela sensação. Afastei com curiosidade sua cueca e então vi o pênis ereto, pulsando, e imediatamente me lembrei do meu pai. Saí rápido do carro decidi romper o namoro para sempre.

## Filho

Comendo os bolinhos, admiramos a escuridão em plena tarde. Se abríssemos a janela poderíamos nos molhar como daquela vez, eu digo, e ela se mantém calada, mastigando tranquila, talvez recordando. Quando termina de engolir, sorri. Tem os dentes muito brancos, bem alinhados. Não consegui arrumar os meus e pioraram com o amarelo dos cigarros e do café. Ficamos tão encharcados, chafurdando na água empoçada no piso, que escapamos por pouco da surra, não foi?, ela continuou, sorrindo.

Era tudo de madeira, diz, tinha certeza que a gente ia apanhar. Nossa mãe nos protegia e o pai, quando mentimos que a ideia tinha sido dela, se fez de desentendido. E ficou explicando, calmo, como o piso podia estufar e apodrecer com a umidade.

Com quem aprendeu a fazer esses bolinhos? Nossa mãe sempre deixava cru por dentro, continuo. Ela não se lembra. Deve ter aprendido sozinha, já adulta. Eu penso no tipo de óleo da fritura, nos ingredientes, na origem geográfica da canela. Como os primeiros homens concluíram que uma gramínea poderia ser domesticada, produzindo um grão tão consumido no mundo inteiro? Será que um bando de pardais, se fartando dos pendões de trigo, convenceram os homens a experimentá-lo? De quem foi a ideia de moê-lo, de molhá-lo, amassá-lo e levar ao forno? Minha irmã, diante desse amontoado de hipóteses, faz um muxoxo e me oferece o último bolinho fazendo menção de deixar o quarto. Sua oferta quer somente acabar com esse assunto desinteressante. Mas tenho uma última coisa a lhe mostrar: na bagunça do quarto procuro um livro no qual, dias antes, sublinhei uma frase. Aqui está: "Se admitirmos que a vida humana pode ser governada pela razão, a possibilidade da vida é aniquilada". Ela franze a testa. Às vezes entende os meus motivos, mas não alcança onde quero chegar. O que me destrói é a tentativa desenfreada de encontrar explicações lógicas, digo. Não posso admitir que qualquer ato possa ser simplesmente movido pela paixão. Ela não responde.

Da cadeira a observo recolher as bitucas, os copos, a bacia vazia de bolinhos. Diz que não vai arrumar o quarto porque com a chuva não vou querer sair. Vamos jantar sopa, completa.

## Pai

Ela é novinha, com cheiro de leite fresco. Não fosse o risinho no canto da boca da Ivonete, eu acreditaria na experiência e nos vinte anos da menina. Sendo do jeito que é, a Ivonete mal esperou que completasse dezesseis. Quero dizer que não é totalmente culpa dela: as mocinhas aparecem num dia qualquer, desesperadas por causa da fome ou de briga na família, quase sempre expulsas de casa. Choram, se ajoelham, prometem tudo. Até disfarçam a inexperiência, como se tivessem aprendido tudo de putaria com dois ou três namoradinhos safados.

Ivonete solta umas gargalhadas e mostra os dentes tortos manchados de batom vermelho. Tem o cacoete de piscar muito rápido, umas cinco vezes, quando está mentindo. E os peitos, saltando da blusa, acompanham o ritmo das risadas. Também fica ajeitando o cabelo alisado, como se cobrisse os pés de galinha. Com a palavra comprometida de que nunca se confessará menor de idade, ela chama a menina que sobe para um banho. Fico imaginando que deve ter sido orientada para esfregar bem o sabonete nos pelinhos pretos ainda finos. Depois veste roupas novas, escolhendo a calcinha preta, minúscula. Tenta caprichar na maquiagem e quase se sufoca com o excesso de perfume na nuca, entre os peitos e na virilha.

Tive sorte. Sou seu primeiro nessa nova vida. Ou azar, porque desembolsei o dobro e a menina me pareceu estranha. Durante meia hora resolvi observá-la e acabei seduzido por sua inocência. Devia ter chegado naquela manhã e não tiveram tempo de comprar-lhe uma roupa de tamanho adequado. Sobrava a manga do vestido, e a barra, que devia estar pelo meio das suas coxas grossas, cobria o joelho. Apenas os peitos saltavam do decote. Tinha bebido além da conta, ou podia ser fraca para a bebida, e seus movimentos eram lentos quando eu pedi que dançasse para tirar a roupa. Seria a primeira vez que dançava de luz acesa com essa intenção? Os namorados deviam levantar o vestido e afastar a calcinha no escuro, no banco de trás do carro. Assim mesmo fiquei com tesão e pedi que continuasse ainda mais devagar. Ordenava que mexesse devagar a bunda, subindo o vestido centímetro por centímetro. A calcinha preta não lhe caía bem. Talvez vermelha ficasse melhor. Se enrolou com as alças do vestido e com os fechos do sutiã. Ao se livrar de toda a roupa pedi que deitasse na cama, e que me acariciasse. Para o seu alívio, terminei antes mesmo que um adolescente na primeira vez. Fiquei com medo que comentasse sobre o meu desempenho com a Ivonete. Elogiei com sinceridade a beleza do seu corpo, do seu rosto. Era mesmo bem bonitinha, o que me fez relevar o prejuízo financeiro. Resolvi pagar mais uma hora.

A segunda tentativa não poderia ser decepcionante. Enquanto me recuperava pedi que ficasse ali deitada, nua, em silêncio. Por alguns instantes pareceu querer falar qualquer coisa. Ainda bem que não disse nada. Depois de poucos minutos seus olhos se perderam e seu rosto foi se modificando conforme pensava. E não pareciam pensamentos simples. Lembraria coisas da infância, as brincadeiras mais felizes, os bons tempos antes dos pais a expulsarem? O primeiro beijo excitante? Uma carta de amor daquele garoto por quem estava apaixonada? Não. Só me olhava com muita curiosidade. O que ela procurava? Analisaria meu corpo, cada vez mais estragado? Quais segredos captaria no meu olhar? Eu voltaria noutro dia. Justifiquei ter me esquecido de um compromisso. Sou Janaína, ela disse. Voltaria porque eu precisava descobrir os pensamentos daquela menina.

# Filha

Quando nasceu meu irmão eu já tinha cinco anos. Muito do que sei daqueles primeiros anos foi minha mãe que contou. Ela lembrava das minhas grandes bochechas, que eu adorava um vestidinho branco, presente da minha madrinha, e que comia chocolate me lambuzando inteira. Era quieta e educada. Nenhuma dessas coisas ficou guardada. Mas lembro que a gente tinha uma empregada enquanto minha mãe estava grávida. Ela devia ser bem novinha. Eu comparava as duas porque ela disse que ainda não tinha filhos. Mesmo assim cuidava bem de mim. E a minha mãe vivia cansada, passando mal, deitada.

Eu gostava de acompanhar a empregada na arrumação da casa, pedindo que terminasse logo para brincar comigo no quintal. Ela até subia nas árvores. Um dia meu pai chegou mais cedo e ela não quis mais subir. Então passamos a brincar só dentro de casa. Contava histórias que hoje sei que são verdadeiras. Não entendia, na época, porque eram bem diferentes das coisas que minha mãe contava, antes da gravidez.

Um dia desses lembrei dela e comentei com meu irmão. Ele perguntou se era bonitinha, bem fornida. Como podia saber com aquela idade?, eu disse, mas recordo muito bem que ela me penteava os cabelos e me fazia tranças. Uma vez ela comentou que sonhava ter um cabelo comprido, liso, igual ao meu. Numa semana visitei minha madrinha em outra cidade e quando voltei, ela tinha ido embora. Os meus pais disseram que tinha resolvido voltar para o Nordeste.

## Mãe

Tinha acabado de fazer dezoito anos, morando naquela cidadezinha onde todos se conheciam.

Olhar para esse tempo faz acreditar que algumas atitudes podem ser castigadas por Deus, como repetia minha mãe. Eu ria dos meus pretendentes quando me pediam em namoro, mas não me parecia maldade. O problema, eu pensava, era que os rapazes estragavam ainda mais a aparência com aquele sotaque caipira e com assuntos sem graça.

Aprendi que minha arrogância atrapalhou enxergar o principal: perceber o demônio travestido de cordeiro. Ele chegou para passar as férias com os avós. Eram dois velhinhos que eu achava simpáticos quando encontrava na rua, indo para a feira. Moravam no mesmo bairro, umas quatro ruas depois da praça. Logo que chegou foi convidado para ir na festa de uma amiga e provocou um alvoroço. Primeiro foi a curiosidade que provocou em todos, especialmente nas meninas. Depois o deslumbramento, com aquelas roupas modernas, o cabelo arrepiado de gel, sem sotaque. Logo criou uma disputa. Eu não participei para não abandonar a fama de metida, mas fiquei atenta aos gestos dele, aquela simpatia meio esnobe. Do meu canto eu bebericava um guaraná meio quente, fingia que ouvia as conversas de duas amigas que pareciam umas gralhas, e olhava de canto de olho o círculo de curiosos ao redor dele. Senti uma mistura de ciúmes, por ele ter a atenção de alguns amigos, e inveja, por parecer tão radiante. Sempre com um copo de cerveja na mão, ria e falava com todos, principalmente com as mulheres. Detestei a figura.

Bastaram três encontros para ele me convencer de que eu estava apaixonada: a festa, a sorveteria, um passeio na mata. Falava devagar, as frases bem pronunciadas como se tivesse lendo. E tinha o queixo levantado, o peito estufado feito um pombo. Não me paquerou. Apenas falava muito. Tudo o que eu gostava de ouvir.

Quando quis caminhar até a cachoeira, tive certeza de que só molharíamos os pés. Nem isso. Aproveitou para falar nomes de plantas, dos pássaros, explicar como nascem e morrem os rios. Aproveitou para contar sobre os lugares que já tinha ido e os seus sonhos de viagem. Segurou minha mão em todas as vezes que o caminho oferecia algum perigo. Até fez silêncio para admirar uma pequena flor. Contou uma história da rã e do escorpião, bem quando o barulho da cachoeira atrapalhava. O frio era maior por causa da sombra das árvores. Por um instante eu tremi e ele pegou meus braços, esfregando para esquentar. Me olhou fixo e me beijou.

## Pai

Janaína tinha um pequeno peixe mal tatuado no ombro direito. O peixe tinha uma cabeça disforme em relação ao corpo e os olhos pareciam arrancados. Eu perguntei o que ela sentiu ao ver o mar pela primeira vez e ela demorou a responder. Sem pressa me cravou os olhos de peixe. Quando insisti, revelou que gostaria de ver o mar. Por pouco não prometi que a levaria. Ela se fechou de novo, talvez imaginando o tamanho do oceano ou do biquíni, do quanto era salgada a água ou o preço das coisas. E eu com a fantasia de andar de mãos dadas com ela e depois soltá-la para correr até as ondas, se encharcando, com a bata colada nos seios sem sutiã. Algo impossível porque a minha mulher estava passando mal da gravidez e, depois, Janaína não passava de uma putinha inexperiente, porém, das mais requisitadas do bordel. Se tivesse te conhecido antes poderíamos ir juntos, ela disse.

Naquele mês, após o primeiro encontro, aguentei apenas uma semana sem vê-la. Em seguida, em dias alternados, a Ivonete me via chegando meio envergonhado e sorria satisfeita. Mulherzinha esperta e irritante. Na quarta vez perguntou se eu queria reservar um horário, dia sim, dia não. Tentei fazer uma cara indiferente, segurando a vontade de subir correndo.

Talvez Janaína estivesse ocupada com outro. Nunca estava, mas era por causa do horário morto, quando os outros clientes ainda trabalhavam. Sempre a esperava no quarto, cinco, dez minutos, deitado e vestido na cama. Assim que ela entrava eu sentia meu pau endurecer. O rosto dela era de uma cumplicidade feliz. Me abraçava, perguntava do meu dia, da família, como se fosse um encontro de amigos de escola ou uma consulta com uma médica conhecida. Logo virava puta e perguntava se eu queria algo diferente. Durante todo o tempo repetia essa pergunta inútil. Ela sabia desde o primeiro encontro que eu preferia que dançasse um pouco para tirar a roupa, que sempre devia ser um vestido. Eu, então pedia para ela não tirar a calcinha: adorava que depois de alguns minutos, me vendo sem cueca e excitado, viesse por cima, afastasse a renda para o lado e com a outra mão ajudasse a penetrá-la. E eu gozava rápido.

Nesses primeiros momentos com Janaína, por vezes, pensava na minha mulher. O que tinha de diferente? Por que eu não poderia simplesmente transar só com a minha mulher, e ter com ela todo esse prazer? Aí me lembrava: minha mulher tinha os peitos mirrados, e as auréolas grandes e escuras demais, quando grávida, me davam certo desconforto ao olhar. Seu rosto sempre se contorcia demais numas caretas de prazer, eu sei, mas que não me agradavam. Seu gemido era esganiçado, desafinado. Seus movimentos eram desajeitados. Sua buceta molhava demais, e ainda assim, tinha pouco cheiro, na maioria das vezes, inclusive, estava perfumada na medida certa. E sua bunda não era tão redonda como eu gostaria que fosse. Mas tudo isso só fui descobrindo e desgostando na comparação com a Janaína. De tanto olhá-la serpenteando sobre mim, reparando no brilho da sua pele, na firmeza da sua carne, na beleza dos bicos, do clitóris avantajado, do olhar perdido. O que me angustiava, pois, tantas qualidades sempre antecipavam uma ejaculação que eu pretendia retardar a tarde inteira. Sempre frustrado com minha fraqueza, eu deitava a cabeça na sua barriga e virava o nariz para sentir o perfume da sua bucetinha suada, com um cheiro forte, enquanto alisava os pelos enrodilhados. Janaína, Janaína, sua putinha gostosa, eu repetia, repetia.

## Filho

A sopa está esfriando, ela diz, com a cabeça enfiada pela fresta da porta do meu quarto. Dá tempo de tomar um banho? Responde que vai deixar a sopa no fogo baixo e sai devagar.

No banho penso que preciso organizar os livros, levar uns tantos para o escritório; preciso ajudar minha irmã, pelo menos arrumando esse quarto, que se sair sol, amanhã vou dar uma caminhada até a cachoeira. Decido que será assim: acordarei cedo e, antes de descer para o café, arranjarei essas coisas. Vou surpreendê-la com o alívio nas tarefas domésticas e convidá-la para ir comigo. Faz tanto tempo que não aproveitamos esse privilégio de águas tão frias. Quem sabe não encontramos os pássaros. Vivos, porque o cochilo reconfortante e a boa sensação do banho tiveram esse efeito de mudar o meu humor.

Quando subimos pela trilha e andamos em silêncio, as aves pouco se surpreendem com nossa presença. Do alto das árvores ou no chão nos observam curiosas até que nos aproximamos mais. Aí trocam de galho ou somem nas moitas. Na juventude eu sabia o nome de várias, e matava a curiosidade da minha irmã. Gosto das saracuras, ela dizia, pelo jeito arisco e pelo pescoço azulado.

Sinto o cheiro da sopa. A mandioca estava mole dessa vez? — pergunto, e ela, se voltando, percebe minha boa disposição. Fritou o bacon, a cebola e o alho na mesma gordura, para, depois, colocar a mandioca amassada na panela? Viu como já posso me virar sozinho? Mas você ainda precisa me explicar quanto coloco de água e o tempo que deixo até dar o ponto.

Feliz, ela despeja duas conchas bem cheias no meu prato. Depois caça três pedaços maiores de bacon e os coloca por cima. Estão quentes, adverte. Mas eu já coloquei o primeiro pedaço na boca, queimando a língua. Os maiores prazeres são acompanhados pela dor, retruco sorrindo, ainda de boca cheia. Ainda bem que a chuva refrescou à noite, senão essa sopa deliciosa ia ser um fiasco, acrescento.

Pronto, tudo está perfeito. Podemos, depois do jantar, assistir a um filme qualquer, de preferência um filme bobo, para comentarmos qualquer coisa besta no meio, sem prejuízo da história ou ela pegar no sono sem arrependimentos. Hoje lavo a louça, digo. Não sei se o seu sorriso é por se livrar da louça ou por me ver tão bem. Estou ansioso para que amanhã faça calor, que amanheça um sol bonito, mudo de assunto. Quero deixar abertas as cortinas para a luz penetrar pouco a pouco no meu quarto, está precisando. Quem sabe não podemos ir a cachoeira?

## Mãe

Não bastasse a gravidez complicada, tinha que lidar com a falta de jeito da empregada para os serviços mais simples. Quando não era o enjoo, eram as pernas inchadas e a pressão baixa. Um sacrifício levantar até para preparar o café do meu marido. E depois que ele saía para o trabalho, eu voltava para a cama.

Era maio. Entre as árvores se espalhava uma neblina grossa; a grama do quintal ficava toda molhada por causa do orvalho. Às vezes geava. E do quarto, eu lamentava aquele tempo terrível que justificava a vontade de me esconder nas cobertas. Ali ficava até as nove ou um pouco mais. Da cama eu ouvia a empregada batendo portas e abrindo gavetas, arrastando com estrondo os móveis. Quando eu levantava estava varrendo a sala.

Eu sabia o motivo daquele barulho me irritar tanto. Aversão por aquele corpo que não sofria as mudanças por causa da gravidez, e ainda era privilegiado pela idade. Quando ela chegava, eu me limitava ao bom dia e ela respondia cabisbaixa, talvez acompanhando minhas pernas em direção à cozinha. O que pensaria pelas minhas costas?

Eu ia até a cozinha e escolhia as frutas e o iogurte, preparava o chocolate quente para minha filha, que eu despertava assim que terminava de montar a mesa. Ela custava a acordar, reclamava do frio, do sono, da preguiça, mas minha insistência incluía uma descrição exagerada das gostosuras do café da manhã, e a fome a vencia. Depois dos dentes escovados, ela resmungava para lavar o rosto na água gelada. Só lavava se eu ajudasse, arrancando com a unha as pequenas remelas.

A maternidade tem essa capacidade de nos fazer menosprezar certos nojos. Não falo da remela. Lembro dos cocôs e dos vômitos frequentes.

Saindo do banheiro ela me dava a mão, cumprimentava sorridente a empregada e a gente sentava para comer. Eu mostrava a barriga crescida, querendo que já gostasse do irmãozinho. Engraçado que desde os primeiros meses eu insistia nessa ideia de ser um menino. Meu marido segurava a barriga e também dizia que era um menino. Eu queria tanto um casal de filhos. E pensava nisso desde antes do casamento. Ela já tinha quatro anos e eu não conseguia engravidar de novo. Achava que meu sonho não se realizaria. Mas finalmente o menino se desenvolvia, apesar das dificuldades na gestação.

Minha filha ficava curiosa com a chegada do irmão e queria saber do nome; se podia ela mesma escolher; como seria a decoração do quarto; dormiriam juntos quando estivesse maiorzinho? Já se via brincando com ele, de um jeito que acabou se concretizando bem ao gosto das suas fantasias.

Terminar o café quase sempre coincidia com a empregada indo arrumar os quartos. Se o tempo lá fora atrapalhasse, eu voltava para minha cama, enquanto não desse a hora de preparar o almoço. Minha filha também gostava de se enrolar nas cobertas comigo. Nesse caso, a empregada começava por outro quarto. Recordar essas miudezas não passa de um tipo de fuga? Que importância tinha a ordem de limpeza dos quartos, o iogurte, o barulho das vassouras? Toda. Assim eu escapava das sensações daqueles dias: uma espécie de dor aguda e constante, uma voz que voltava sempre para soprar no ouvido a traição, uma raiva a ponto de avançar na empregada quando ela falava qualquer coisa. Eu tentava me concentrar nas conversas, brincadeiras e atividades mais bobas, com minha filha ou sozinha. Era uma luta para vencer a vontade de levar a empregada até o quartinho e resolver de vez aquela raiva. Ela negaria tudo? Impossível. Diria que não tinha acontecido nada porque lutou a ponto dele sequer encostar nas partes íntimas dela? Provável. Confessaria um amor secreto por ele, mesmo assim tentando se manter pura? Só na minha cabeça. Diria que arrumou por várias vezes sua trouxa de roupas no meio da noite e fugiria no frio se não fosse o medo? Era a melhor justificativa para o seu olhar cabisbaixo, sua timidez cada vez maior.

No almoço preferia que não me ajudasse. Nós duas dividindo as tarefas era ainda mais irritante. Em duas ocasiões aconteceu, por causa da minha pressão que abaixou de repente. Da primeira vez quando terminava de temperar a carne, não tive como evitar e ela veio, receosa. Sentei numa cadeira e orientava a quantidade de sal, quantos dentes de alho, a cor adequada da cebola frita. Foi tudo bem no fim, ela apenas obedecia meus comandos, às vezes respondendo não entendi para as tarefas mais simples. Meu marido elogiou.

Uma semana depois, precisei que cozinhasse novamente e meu marido lambeu os beiços. Decidi que morreria, mas não a deixaria cozinhar de novo. Ouvindo os elogios do meu marido, ela se entusiasmou a ponto de propor que eu acrescentasse um maço de coentro no tempero. Fui educada e recusei, dizendo que na nossa família nunca tivemos o hábito desses sabores mais carregados.

Depois do almoço eu gostava de cochilar por cerca de uma hora e ela, tendo lavado a louça, descansava cuidando da minha filha. Digo descansar porque nunca vi uma criança tão pacata e fácil de agradar. Se davam bem: a menina exigia pouco, tanto nas brincadeiras como da inteligência da empregada. Enquanto pegava no sono, nos dias ensolarados, ouvia as duas saindo para o gramado. Certa vez descobri que foram até a cachoeira. Isso eu proibi. Tinha medo. Em outro dia acordei agitada com um sonho terrível e saí atrás delas. Estavam no quartinho e por detrás da porta escutei minha filha dizendo que a amava, que era muito feliz com aquela amizade e que queria que ela ficasse ali para sempre com a gente. Não tive outro jeito senão despedir a moça.

# Pai

Os pais de Janaína descobriram que ela estava trabalhando no puteiro e a levaram para casa debaixo de pancadas. A Ivonete contava triste e revoltada, indignada por não poder interferir. Ficasse quietinha, senão sobrava até para ela. Por isso pisava em ovos. Correu para esconder uma outra menina menor na casa de um parente, fechou o bordel por uns dias com medo.

Eram de longe, de uma cidade que ninguém conseguiu guardar o nome, e ficamos perguntando como ela veio parar ali. Teria fugido de casa por qual motivo? Segundo a Ivonete, os pais se escandalizaram com aquele destino da menina. Espantaram-se ao encontrar uma pessoa completamente diferente da garota que tinham em casa. Uma casa modesta, mas com o suficiente para que ela não se prostituísse. Duvido que fizesse por puro prazer. Devia ser por dinheiro — sempre é —, só queria juntar uma boa quantia para uns luxos que jamais teria em casa.

Quem, na verdade, aproveitava do enorme prazer daquelas tardes era eu. Tanto que ao saber desse episódio, que para muitos era mais um acontecimento bom de fofocar, sofri uma espécie de golpe de machado nas costas. Bem fundo. Percebendo meu estado, Ivonete mandou que eu voltasse outro dia, mais calmo, para ouvir os detalhes.

Não voltei durante três dias. Depois disso a Ivonete ligou na loja. Pediu que, tendo tempo, eu passasse por lá com urgência. No caminho de meia hora de carro fui sonhando com Janaína de volta, em pé na grande sala, sorriso aberto, esperando meu abraço. Por que, quando se trata de paixão, custamos tanto a prever o mais provável? O tom de voz, a urgência da Ivonete, não podiam significar boas notícias.

A Janaína quis fugir de casa outra vez e, num ato de extrema de violência do pai, na tentativa de contê-la, ele acabou a derrubando, e sua cabeça bateu com muita força na quina de uma coluna. Ainda ficou dois dias na UTI. Quantos segundos são necessários para um ato tão estúpido? Nos melhores momentos ainda restava a imagem dela: a imagem que tive vendo-a estendida no caixão, coberta de flores até a altura da cintura para esconder o seu rabo de peixe.

## Filho

Minha irmã dorme sobre meu braço. Ressona alto por causa do cansaço acumulado desde a manhã. Tem o rosto sossegado. Se fosse possível assistiria seu sono até a chegada dos pesadelos. Duvido muito quando diz que não sonha ou não se lembra. Em algum momento da madrugada deve acordar sobressaltada e sentar na cama.

Então eu a confortaria. Mas me fez prometer que nunca a vigiasse dessa forma. Se algum dia acordasse no meio da noite e me encontrasse ao pé da cama, o seu susto seria muito grande.

Era assim que ele aparecia? — eu disse na ocasião e ela se calou. Me olhou soturna. Para tranquilizá-la jurei nunca entrar no seu quarto enquanto dormisse. Por alguns minutos fico admirando seu rosto: as grossas sobrancelhas, o nariz levemente arrebitado, a covinha no queixo. A boca é grande sem atrapalhar o conjunto, que se completa com os olhos tranquilos. Assim me refiro a eles. Ainda adolescente tinha perguntado de que cor eram e a primeira palavra que me veio à cabeça foi tranquilos. E ficou essa brincadeira.

Mexo nos seus cabelos e ela acorda sem desespero. Diz que vai para o quarto. Recomenda que eu desligue tudo, que não passe a noite lendo. Impossível, eu reitero. A madrugada é meu refúgio de silêncio. É quando posso procurar algum sentido na vida: na vida dos personagens. E se eu dormisse e acordasse de sonhos intranquilos e me visse metamorfoseado num inseto gigante com uma carapaça dura, escura? Se os olhos se cansam e as letras começam a dançar na página, aumento um pouco o som. Hoje tenho reservado o *Segundo Movimento do Concerto nº 1 para Violino e Orquestra de Nicoló Paganini: Adágio Expressivo*. Para ouvir repetidas vezes.

Minha irmã trouxe da biblioteca um presente emprestado. Disse: depois me conte como são as ruas de Comala. Contarei sobre os postes, as pedras do calçamento, o número de pessoas vivas e mortas, respondi, ansioso pela madrugada insone. Eu sabia que não seria nada venturoso. Ela sabe com quem está lidando, como escolher minhas predileções literárias.

Lá fora sopra um vento tênue. Nessas horas os gambás saem para comer. Quando algum se esconde no forro é fantasmagórico o barulho das patas na madeira. A noite está tranquila, posso fechar a cortina e sentar à escrivaninha. O livro deixei em algum lugar. Há algo de mágico nessa bagunça, mas eu preciso arrumá-la. O que mais eu poderia fazer? Ajudaria se eu ganhasse algum dinheiro.-

## Filha

Foi por acaso que encontrei o sino. Minha mãe queria me mostrar roupas, incluindo umas calcinhas menos infantis. Já são treze anos, disse. Passou depressa. Para todo mundo. Há situações tão nítidas na memória que parecem ter acontecido ainda de manhã.

Passamos por uma calçada e a loja de bugigangas me chamou a atenção, principalmente os bonequinhos de madeira. Pensei no meu irmão. Pedi para minha mãe desviar seu caminho e ela fez uma cara de espanto. Entraríamos só um pouquinho, eu prometi. E ela acabou se entusiasmando com todas aquelas belezas. Dentro havia tantos enfeites que decoraria dezenas de casas. Eu tocava nas coisas com as pontas dos dedos. A madeira não tinha temperatura; as pedras, os vidros e os metais eram frios.

Escolhi um cavaleiro medieval para o meu irmão e me apaixonei por um sininho de bronze, do tamanho da minha mão. Na loja de roupas a vendedora queria saber de onde vinha aquele soar de sino e a minha mãe pediu para que eu parasse. Depois guardei numa gaveta do quarto, escondido de todos. De vez em quando eu levava para a escola. Engraçado como os objetos mais simples provocam tanta curiosidade. No intervalo todos os amigos próximos queriam tocar uma vez. Deixei até que aquela confusão me irritou. Disseram que nem era grande coisa e que eu era muito metida.

Como era natural, se interessaram por outros assuntos. Mas aconteceu de um dia a professora me chamar e quando voltei tinha sumido meu sino. Chorei quietinha. E continuei chorando em casa, tempo suficiente para minha mãe perguntar o motivo e me acompanhar até a escola no dia seguinte. Nunca tinha visto ela se impor daquele jeito. Nem o pessoal da escola.

Acharam com um menino que disse só estar brincando. A primeira coisa que fiz foi experimentar para ver se continuava funcionando. Perfeitamente. No caminho de

DESAVISO  43

casa minha mãe me deu bronca pelo tanto que eu tocava aquele sino.

Até aquele momento não tinha mostrado para o meu irmão. Sabia que se ele gostasse e me pedisse de presente eu daria. Mas eu não queria. E acabei esquecendo o meu sino por mais de um ano na gaveta. Outras coisas foram ficando por cima e custou bastante achá-lo quando precisei.

Meu irmão reclamou de ficar sozinho no quarto escuro e eu não suportaria que ele me encontrasse no quartinho da empregada. Qual seria o tamanho da tragédia se ele tivesse visto? Na manhã que sucedeu a segunda vez, meu irmão me encontrou recusando o café e contou do seu medo de escuro. Nem sei se conseguiu dormir, que horas pegou no sono. Eu tinha passado a noite sentada no sofá, sem saber o que podia fazer. Por fim me lembrei do sino e entreguei ao meu irmão. Ele adorou. Assim que terminou de brincar, expliquei quando e como usaria. Pedi para tocar baixinho, perto do ouvido, quando eu estivesse com o pai.

## Filho

Tínhamos ido à praia. Meu pai alugou uma casa por uma semana. Disse que merecia férias. Estávamos felizes. Eu não me lembrava de ter ido a alguma antes. Minha irmã contava coisas maravilhosas, da água e da areia, do clima e das diversões. Minha mãe só queria cuidar dos filhos, escolhendo as roupas apropriadas, a proteção contra o sol, alertando para os inumeráveis perigos. Meu pai revisou o carro, consultou o mapa, explicou, sem que entendêssemos direito, a geografia do lugar; colocou as malas no bagageiro e saímos de madrugada por causa do trânsito e do calor.

Nunca chegava, mas quando chegou não queria que terminasse. Tinha as árvores diferentes, pássaros estranhos que preferiam andar na praia ou pousar na água. Minha irmã me provocou a experimentar o sal do mar e cuspi longe. Minha mãe cozinhou várias coisas quase proibidas em casa, incentivada pelo nosso pai. Maior que a desconfiança daquela repentina benevolência paterna, era nossa alegria por poder comer tantas frituras e sorvetes.

A casa era grande. Ou eu ainda pequeno demais. O quintal dava na areia da praia, com uma árvore larga, nosso refúgio nas horas mais quentes. Canícula. Algumas palavras parecem dar conta do significado. O sol castigava desde cedo e as corridas nos encharcavam de suor. Menos a minha mãe. Ela não participava das brincadeiras e nos vigiava o tempo todo de uma cadeira debaixo da árvore. No começo eu testei sua atenção sob os óculos escuros, indo sorrateiramente em direção ao mar, e não demorou que gritasse.

Meu pai chamava para algum jogo de bola, caminhada, castelo de areia. Depois nos levava na água e era uma festa que nem parece ter um dia acontecido com a gente. Foi a única vez que me colocou nos ombros para entrarmos até o fundo. Me jogava contra as ondas. Me ensinou a mergulhar para atravessá-las. Em toda a praia, em todos aqueles dias, não vi nenhum pai como o nosso. Quase não bebeu. Quando o calor estava insuportável, tomava uma cerveja. Não percebi nenhuma rusga entre ele e minha mãe, que naqueles tempos viviam se estranhando rispidamente. Vi, sim, alguns sorrisos dela, assistindo nossa diversão.

Infelizmente não durou muito. No segundo domingo decidimos acordar bem cedo para um último mergulho. Minha mãe resolveu adiantar a arrumação das malas e não foi conosco. Uns pescadores chegaram com os barcos e retiraram poucos peixes das redes. O dia dava indícios de ser o melhor de todos. O céu estava limpo. Algumas gaivotas voaram sobre um peixe deteriorado que os pescadores arremessaram onde a água das ondas lambia a areia. Quando o mar retrocedia, incontáveis buraquinhos pipocavam pequenas bolhas e a lâmina d'água era sugada por entre os grãos rapidamente.

Decidimos gastar aquelas últimas horas observando as coisas acontecerem, passivos sob a sombra. Aos poucos os outros turistas foram acordando, enchendo a praia de corpos e barulho. Um pescador com uma vara desapareceu entre as pedras altas que encerravam um dos lados da comprida faixa de areia. Algumas pessoas corriam, outras caminhavam aceleradas. Os homens montavam guarda-sóis. As mulheres passavam protetor solar nas crianças e depois nelas mesmas. De todos os lados havia coisas para ver. Então minha irmã reclamou do calor e disse que daria um mergulho. Enquanto isso meu pai contou uma história de tubarões. Na história dois surfistas eram atacados. E ele apontou para três que, deitados sobre a prancha, venciam as ondas. Mesmo terminada a história, ficamos prestando atenção neles, sumindo intermitentemente, para aparecerem de novo, mais longe.

De onde vêm as ondas? Lembro de ter perguntado e meu pai ia responder quando minha irmã saiu da água e veio ao nosso encontro, com o sol forte iluminando o seu sorriso, o cabelo encharcado, os pingos que deslizavam pelos braços, pelo ombro, barriga, pernas e a parte alta dos seios já bem formados. Foi quando me dei conta de que minha irmã já se tornava uma mulher, e eu ainda era um menino. Nós dois paralisados com aquela imagem.

## Pai

Quando precisava fechar algum negócio espinhoso, meu sócio dava um jeito que fosse comigo. Se ele participasse da reunião, de rabo de olho eu espreitava seu ar de tonto, admirado pela forma como eu conduzia a coisa. Depois não economizava tapinhas nas costas e incentivos, os elogios de hábito.

Por essa postura submissa nossa amizade se pautava sobre três eixos: leve menosprezo, certa pena, alguma simpatia. Em geral, nas nossas conversas tratávamos de trabalho e, de vez em quando, jantávamos na casa um do outro. Mas o caso é que um dia lhe convidei para tomar umas cervejas no fim do expediente e ele, para meu espanto, não veio com a ladainha de que deveria ser só uma porque a esposa o esperava para jantar. A bebida lhe soltava a língua para confidências e naquele dia não foi diferente, e contou o que eu desconfiava. Estava transando com uma das nossas funcionárias.

Contava que a paixão por ela era completamente física, descontrolada, ao ponto de vê-la na loja e fazer volume na calça, de aproveitar qualquer oportunidade para se engalfinharem por alguns segundos em pleno serviço. Manteve, de quinta, as reuniões no clube, para encontrá-la e transar onde e como desse. O problema era o medo.

Eu desejava que detalhasse os encontros e com sutileza dava corda para que se abrisse. Disse, por fim, ter pensado em me pedir um favor: que eu falasse para a mulher dele que faríamos reuniões às quintas, mas em seguida percebeu que era um favor muito grande e até indecente.

Se envergonhou. Nessa altura a bebida, aquela pitada de dó e a vontade de que, futuramente, ele perdesse o pudor sobre as minúcias picantes, me fizeram querer ajudá-lo.

Por pouco não me beija e aproveitou para dizer, piscando, que quem sabe eu também não teria um bom motivo para mentir em casa. São essas situações inusitadas que nos desgraçam. Comecei a contar da Janaína. Da falta dela. Ainda feliz revelei como tive sorte naquela tarde em que a conheci, do seu jeito reservado, das horas tranquilas com ela. Só que não pude fugir da lembrança medonha da tragédia. Passamos o resto da noite trocando confidencias extraconjugais.

Alguns dias depois ele convidou a mim e a minha família para um churrasco. Ao cumprimentar sua esposa, percebi qualquer coisa de curiosidade que, ao longo da tarde, transformou-se num ar de deboche, ora para mim, ora para minha mulher. A certa altura, na hora da sobremesa, deu vontade de perguntar por que ele, aquele linguarudo, capacho, tinha faltado nas últimas reuniões, só para ver a cara do palerma, aquele Judas. Tenho certeza de que fez minha caveira para a mulher, só para pagar como santo. Conheço muitos tipos assim.

# Mãe

Casamos com dois anos de noivado. Esperamos até que ele conseguisse o dinheiro para comprar o terreno e construir a casa. Depois do beijo na cachoeira, ficamos por ali com os pés na água, eu encostada no seu ombro, ouvindo. Ele emendava um assunto no outro. Aquela voz e o lugar agradável me animavam e eu o interrompia com novos beijos. Seus cabelos tinham um cheiro bom quando eu desarrumava. Os olhos dele perdidos na mata, me mostrando os detalhes de uma flor, de um inseto, de um pássaro curioso com a nossa presença. E em seguida os mesmos olhos, admirados com a minha beleza, fazendo eu me sentir segura e orgulhosa. Em nenhum momento, ainda que tivesse certeza de que não encontraria resistência, fez carinhos mais ousados. Tantos beijos e abraços foram diminuindo o meu medo e a minha vergonha. E o que nunca esqueço é que, naquele momento, ele poderia se aproveitar de mim, mas não o fez.

Sem darmos conta do tempo, o sol se escondeu atrás do morro e ficou mais escuro de repente. Lamentamos muito ter de ir embora e eu disse que seria maravilhoso ter um lugar como aquele no quintal de casa. Ele me olhou sério e prometeu: se nos casássemos, construiria ali a nossa casa. E fantasiou nossas tardes felizes numa cachoeira só nossa. Não foi por causa da promessa, mas aquele jeito convicto, era tudo o que eu esperava de um homem. Um pouco receosa não quis dizer, naquele instante, que aceitava me casar, mas sabia que faria de tudo para que acontecesse.

Namoramos durante um ano incrível. As idas ao cinema, as lanchonetes, piqueniques na cachoeira. Nas suas visitas em casa aproveitava para encantar meu pai e apaixonar minha mãe. Tinha a delicadeza de assistir televisão de mãos dadas ou fazer um cafuné sem nenhuma pressa. Passado esse tempo resolveu que era hora de nos casarmos e então eu deveria aproveitar para cuidar do enxoval, da decoração e da festa, enquanto ele compraria o terreno e subiria a casa. Aceitei sua proposta com a certeza de que não tinha alternativa melhor para ser feliz. Foram dois anos de uma dedicação cansativa e prazerosa aos detalhes de um projeto de vida a dois. Os brocados e as lantejoulas do vestido; as burocracias de cartório e igreja, agendamentos e seleção de cardápio; as flores, as músicas e as lembrancinhas. Nem a multiplicação dos gastos, a discussão por detalhes importantíssimos, foram capazes de estragar minha empolgação.

Quando algo parecia minar minha felicidade, visitávamos o terreno, o alicerce, as paredes nuas, o telhado cheirando a madeira, o jardim. E enfim estava tudo pronto, com a data do casamento para dali a três meses, o nervosismo como a única coisa capaz de estragar tudo.

O nervosismo que se seguiu até o dia do casamento, e atrapalhou minhas pernas, tentando caminhar pela nave da igreja, tentando não ver toda aquela gente emocionada, rindo, chorando, comentando qualquer coisa sobre mim, eu o centro das atenções, me segurando nos braços do meu pai, porque tinha a marcha nupcial tocada por músicos contratados, e o meu marido, ali na frente, aquela atmosfera bem iluminada e perfumada, quase provocando minha queda. Depois ainda sobrou choro, alegria orgulhosa, tremor nas mãos enquanto falava o padre, as palavras soltas, até que estivesse consumado. Não houve quem não me parabenizasse pela boa sorte daquele marido: simpático, falando com entusiasmo, inteligente, trabalhador. Um homem de bem. E estava lindo de fraque, com aquelas bochechas vermelhas, os olhos brilhando. Eu contava os minutos para entregar a minha virgindade a ele. Era tudo o que eu queria.

## Filha

Na volta das férias a Paula passou a se exibir, orgulhosa com seus seios grandes, milagrosamente estufados naqueles dois meses. A Rosa, no vestiário para a educação física, chamou as meninas mais próximas e, sorridente, puxou para frente a calcinha para que nos assustássemos com um chumaço preto de pelos. Não me lembrava delas tão desinibidas antes. O que estava claro para todas era que tinham alcançado um novo patamar na evolução: agora eram mulheres. E se pudessem nos exibiam em um copo a própria menstruação, como também se gabavam de dizer que estavam com cólicas, pedindo para a professora licença urgente para ir ao banheiro. A Rosa, antes envergonhada para quase tudo, nem se importava que os meninos se dessem conta da sua urgência no meio da aula. A cara deles era de que não compreendiam aqueles joguinhos, elas fingindo esconder o que, na verdade, queriam revelar.

Tanto os rapazes quanto minhas colegas reparavam, com ar de desprezo, no meu retardo. Eu tinha completado doze anos, só com duas minúsculas protuberâncias nos peitos e o púbis completamente liso. Pedi à minha mãe um uniforme mais largo e evitava, com uma falsa dor de cabeça ou algum mal-estar, as aulas de educação física. Em abril descobri os dois pelinhos. Segurei cada um deles com muito cuidado e me imaginei toda coberta por centenas de pelos, como eu já tinha visto na minha mãe.

Todos os dias eu adorava chegar da escola para ver meus dois pentelhos. E já tinha outros dois quando tive aquele sonho. Era um corredor bem comprido, como um túnel cujo fim estava completamente escuro. Eu estava caminhando tranquila e algo me chamou a atenção numa das paredes. Olhei para trás com a intenção de vol-

DESAVISO 53

tar, mas também tinha ficado tudo escuro. Interrompi o passo, esperando, com o olhar fixo na parede. Então senti os meus pés molhados e a água não demoraria a chegar ao meu joelho, uma água viscosa, grossa, que grudava nos meus dedos. Quando voltei a olhar para a parede, um inseto, provavelmente uma aranha, estava lá, com os olhos grandes. Nos encaramos por um tempo até que ela pulou na água e eu comecei a bater os pés para que ela não subisse em mim.

Acordei melada. O meu irmão dormia sossegado e continuou assim, sem perceber que fui ao banheiro me lavar e esfregar o pijama no bidê. Naquele mês escondi da minha mãe. Uma amiga da sala me arranjou os absorventes. Nos dias que sucederam o fim do ciclo, eu fiquei com um espelho analisando o que tinha mudado na minha vagina. Acreditei que estava mais volumosa, com os lábios inchados. No segundo mês, minha mãe achou uma calcinha manchada e, gaguejando, me explicou muito rapidamente e em voz baixa o que era a menstruação, mas não perguntou se eu tinha alguma dúvida nem se estendeu no assunto. Aos poucos as coisas foram se tornando corriqueiras, eu me acostumando, apesar do deslumbramento com aquele corpo explodindo, os peitos enfim cobiçados, as coxas roliças, a penugem espessa e macia que eu me deleitava ao acariciar.

# Filho

Se demoro ainda mais em recordações arrastadas, logo amanhece sem que eu termine o livro. Mas ler tem desses paradoxos. Nas minhas melhores leituras, quando submergia naquelas paisagens, as pausas para degustar uma passagem magnífica remetem a várias lembranças, que atrapalham voltar ao livro. E algumas delas se tornam tão intensas, que são difíceis de desvencilhar.

Uma mariposa entrou por algum lugar que eu levanto para procurar — um espaço mínimo no vidro superior da janela — e não para de girar irritantemente em torno da lâmpada da luminária. Comprei-a porque a luz do quarto acesa à noite podia preocupar minha irmã que tem o costume de levantar na alta madrugada. Na verdade, não faz diferença porque ela sabe dos meus hábitos e a luz em foco sobre o livro se tornou um conforto para minha vista cada vez mais cansada. Cansada também está a mariposa, que pousou na estrutura e me desconcentra do livro. Dá vontade de matá-la de vez. Por que tanto sofrimento para amanhecer morta sobre a mesa? Essa persistência no sofrimento até a derrocada final. Minha mãe, com medo e nojo, pedia que eu enxotasse mariposas, besouros e tantos outros insetos que invadiam a casa. Eu era tão útil e orgulhoso desse papel. Esmagava os bichos com certa volúpia. E minha irmã varria as carcaças e limpava a gosma do piso. Éramos nós, os filhos, seu único quinhão de felicidade? Ou nosso pai?

A mariposa voltou a girar. Não fica tonta? Eu bem podia arrancar-lhe uma das asas. Morreria antes do nascer do sol? É provável que não. Posso esmagá-la com um livro. Seria o mesmo que acertar fortemente com um porrete a cabeça de um peixe? Meu pai tinha me levado para pescar e me diverti com a beleza do lugar, com a expectativa de puxarem a linha e a endorfina de brigar com o bagre. Assim que retirou o anzol, ele acertou uma única porretada no centro da cabeça do coitado. Indolor, ele explicou, tentando apaziguar o meu susto. E acrescentou que assim sofreria menos. Pior seria deixar o peixe por vários minutos sem conseguir água para respirar. Os opérculos subindo e descendo, intercalados com a boca ora aberta, ora fechada, e aquele olhar parado, mas brilhante, capaz de se mexer bem pouco. Não é a agonia desesperada de um afogado, porque nós temos essa consciência de quem sabe, escapar da morte se debatemos com mais ímpeto os braços e as pernas, se gritamos por ajuda, e o desespero só antecipa o inevitável. Já o peixe, sem tanta relutância, vai diminuindo a frequência do movimento das guelras, até que parem e mal percebemos, então podemos rasgar-lhe a barriga com uma faca, subindo até a cabeça, e as vísceras pulam para fora: a bexiga natatória, as delgadas tripas, o sangue.

Nunca mais fui pescar com meu pai. Se ele cogitava, eu fingia não ter ouvido. E se um de nós caísse na água? Quem morreria? Finalmente acerto com o livro a mariposa. Resquícios luminescentes das suas asas sujam a capa do livro e eu tento limpar com a mão. O que restou dela empurrei para o chão e logo as minúsculas formigas da casa vão cercá-la. Agora posso voltar a ler.

## Pai

É bom arrumar outra desculpa porque não poderei sustentar mais a história das reuniões, eu disse, e ele caprichou na cara de tonto. Como eu não entendia se sua cara era de espanto, revolta ou lamento, continuei: às quintas terei que chegar cedo em casa, ou melhor, quase a semana inteira, por causa de um compromisso com minha mulher, desculpe. Então ele sorriu condescendente de um jeito que não demonstrou risco de estremecer a amizade. Em poucas semanas eu soube do seu rompimento com a funcionária, que andava meio atordoada com o fim do caso. Do que ela gostava tanto naquele palerma?

Numa tarde estávamos sozinhos em um dos andares da loja. Ela arrumava uma estante e eu tranquei a porta. Foi grande o seu susto quando disse perto do ouvido dela que sabia do rompimento. Ela ficou paralisada. Então continuei falando que achava inacreditável que um homem como o meu sócio a abandonasse, mesmo que para manter um casamento. Elogiei sua inteligência, sua beleza, sua discrição, e por fim, seus dotes físicos. Continuou impassível. Talvez ela gostasse dos cardápios requintados; do efeito provocado pelos bons vinhos e algum dinheiro para qualquer necessidade. Por isso me comprometi com cada uma dessas coisas, mas ela continuou me olhando com um ar de desprezo. Não a coloquei no devido lugar. Uma funcionária vulgar, pouco inteligente e com aquela cara estragada, que se dava ao atrevimento de elogiar o antigo amante enquanto me menosprezava. Devia tê-la despedido no mesmo dia, esperando que viesse até minha sala depois de ter recebido a notícia por outro funcionário, e então seria a minha vez de devolver aquele olhar sarcástico, misturado a uma pitada maldosa, indiferente aos apelos, ao choro. Mas não fiz e fiquei com aquela humilhação, remoendo a raiva a noite toda. Precisava descobrir, no dia seguinte, o motivo de ter sido rejeitado. Que tivesse representado o papel de tonta diante das minhas primeiras investidas, antes de ceder ao meu sócio, mas agora, agora que eu deixava claro os meus desejos, aquele desdém não tinha justificava. Podia pagar um restaurante ainda melhor, um vinho da melhor safra. Até uma roupinha nova. Que encantos extravagantes meu sócio podia ter? E ainda pensava nisso, sentado à minha mesa, na manhã seguinte, quando me avisaram que ela

tinha telefonado pedindo as contas. Filha da puta. Eu é
que devia tê-la despedido antes. E quem sabe, até, exposto o caso dos dois pelos corredores da empresa.

## Mãe

Eu fritava o ovo com a gema mole para minha filha. Ela
gostava de tirar lascas do pão para lambuzar e no fim
comia a clara em pedacinhos bem cortados. Sempre com
essa vocação para as coisas bem ordenadas. O menino
tentava imitar, mas derrubava um talher, quebrava um
prato ou se sujava todo.

Depois que acabavam o café, ela ia para a escola e ele
para o quarto terminar a bagunça. Nesse tempo eu corria para lavar a louça, a pouca louça. No restante da casa
não tinha muito o que fazer. Uma faxineira vinha duas
vezes por semana para o mais pesado. Meu marido ficava
pouco em casa. Passava o tempo todo no trabalho e parte
da noite resolvendo pendências nos negócios, ou em reuniões de última hora. Era o que dizia. Raramente chegava
antes das dez. Seu bafo de bebida causava mal-estar nas
crianças. Nos dias de embriaguez fazia questão de beijar
cada uma no quarto, e a menina vinha reclamar, no café
da manhã, daquele cheiro estranho, da boca babada.

Comigo não era diferente. Quando ele chegava mais
cedo, beliscava alguma comida na cozinha e dava o boa

noite das crianças. Depois ia até o banheiro do quarto, me irritava ouvir o jato de urina, e sem tomar banho deitava na cama. Em algumas noites estava tão cansada que não sofria com sua bagunça, nem com seu cheiro. Às vezes eu fingia dormir. O álcool exalava pelos poros. Ele acendia o abajur, tirava coisas dos bolsos e ia deixando jogadas pela casa, tirava os sapatos, soltava o cinto e a calça, e já sentado embolava a camisa polo do avesso. Nesse instante eu fechava ainda mais os olhos, disfarçava um leve ronco, apertava meus joelhos perto dos seios. Primeiro ele passava um dedo na minha coxa, a mão toda na minha barriga, como nos bons tempos, mas com o bafo de bebida se aproximando da minha nuca, impregnando meu cabelo, os beijos molhando o pescoço, e aí o toque mais forte, beliscões e tapas, de um jeito que passava longe dos antigos galanteios da época de recém-casados. Quando eu tinha sorte uma mistura de sono e impotência o fazia desistir e começava a roncar feito um porco.

Mas nem sempre eu tive sorte. Precisava pensar em qualquer coisa muito diferente daqueles movimentos convulsos, da baba gosmenta, da respiração entrecortada pelas palavras indecentes no meu ouvido. Se eu ficava encolhida, quase inerte, reclamava, batia na minha bunda cobrando o impossível e eu ajudava como podia, mexendo meu quadril com desespero até que aqueles minutos, demorados como em um parto, passassem. Em seguida vinha o ronco, sem nunca perceber que eu tomava outro banho, esperando que viessem pensamentos menos tristes naquelas horas de insônia. Mesmo assim, nesses dias de pouca dormida, acordava cedo para buscar os pães frescos, tirar as coisas da geladeira, fritar os ovos. Eu mesma não tinha fome. Ficava vendo como meus filhos se comportavam, como cresciam rapidamente, aquela falta de percepção para os tormentos que a vida adulta podia reservar.

## Filha

Na escola a professora elogiou minha organização e responsabilidade. Corei e no intervalo alguns alunos se divertiram, rindo e me apontando. E a culpa era minha. A professora, na volta para a sala, repreendeu dois ou três e pude fazer as lições, mais tranquila. Minha mãe havia dito que eu devia contar tudo assim que chegasse da escola. Se eu contasse o que vinha passando, sobretudo no fim do ginásio, ela não deixaria meus professores sossegados.

Na reunião de pais, minha mãe era a última a sair da sala. Queria todos os detalhes da minha vida na classe e, ao voltar para casa, elogiava minhas notas e comportamento em sala de aula, mas censurava o meu isolamento. Comentava que na sua adolescência era muito popular. Aí não se cansava de contar sobre aqueles bons tempos.

Mas depois admitia que não era tão ruim assim eu ser calada. Evitava outros tipos de problemas, dizia. Meu pai, quando estava por perto, gostava de ressaltar que era a melhor postura para evitar os assédios. E queria saber se algum menino ficava com gracinhas para o meu lado.

Não ficavam. Meninas menos bonitas que eu, mas com posturas despachadas, se tornavam mais atraentes. O tom de voz, o andar provocante, os risinhos afetados escondiam qualquer possível imperfeição, uma bunda amassada ou mesmo um olhar estrábico ou até vesgo, não era nada para os meninos naquela idade. O importante era parecer oferecer alguma possibilidade. E eu que já gostava, desde a menstruação, de me olhar completamente nua no espelho, tinha certeza de que deixaria de boca aberto qualquer um que soubesse o que eu guardava por baixo das roupas largas. Algumas meninas sabiam das minhas qualidades. Se não tinham me visto sem roupa, sabiam comparar seus corpos ao meu e uma ou outra me olhava com inveja, tenho certeza.

Um dia recebi um bilhete anônimo. Tiveram trabalho para escrever uma letra de forma bem quadrada. Por vários dias pesquisei o comportamento da turma, procurando um olhar penetrante, um ar disfarçado do Pedro, do Rafael, do João, que tinham acabado de desviar a vista. Ninguém se denunciou e na semana seguinte recebi mais um. Talvez viesse de outra classe. Só que eu não conseguia sequer imaginar como teriam conseguido um minuto para entrar na minha sala e deixar ali o papel dobrado entre as folhas do meu caderno. Comecei a reparar no jeito do professor de história. Mas o que comentavam sobre seus olhares para as meninas, no fundo, era puro devaneio.

Em casa eu relia as poucas linhas. Não pediam nenhum encontro, nem mencionavam desejos ardentes. Apenas elogiavam minha beleza: os meus lindos olhos. Gostei. E adoraria que não parasse de chegar, quem sabe um bilhete por semana. Alguma maneira delicada de falar da minha beleza quase misteriosa, porque o melhor de mim estava escondido. Mas depois do quarto e último bilhete, diminuiu a minha ansiedade até que cansei de esperar.

## Filho

Acordo com o braço dormente. Como ainda tenho sono, viro de lado, afasto o lençol porque estou molhado de suor. Então me dou conta da luz embotada no quarto, que dificulta supor as horas, e estico o braço para alcançar o relógio. Passa das dez. Talvez o tempo fechado tenha revirado a rotina da minha irmã e então ela desistiu de me acordar para o café. Ou não quis atrapalhar o meu sono profundo. Havia tantos planos para essa manhã. Posso usar como desculpa essa garoa que parece um dossel envolvendo a mata.

Tenho fome, mas se sair minha irmã vai largar a arrumação da casa para cuidar do meu café da manhã. Com calma lavará as mãos, esquentará o leite, o pão, fritará dois ovos. Admiro sua destreza cortando mamão, descascando e amassando as bananas, que gosto com mel e aveia. Estende a toalha com alguma nódoa e seu olhar sempre pede desculpas por aquela sujeira. Quase corre até o armário porque se esqueceu dos talheres. Vai recolhendo e juntando a louça na pia para lavar acelerada, respingando água no chão. Eu podia buscar um pano, mas não sei muito bem onde ela guarda. São episódios reincidentes como é reincidente a minha tortuosa paralisia. Das coisas aqui de casa, mal sei do meu quarto.

Uma vez, ocupada em limpar o meu rastro, deixou derramar o leite fervente. Não resmungou mais que o necessário para a ocasião, uma reclamação consigo mesma, e em seguida voltou, quase como um autômato, às tarefas de antes. E eu imóvel na cadeira. De que lhe vale minha companhia se não pode libertá-la de uma devoção doméstica? Uma dedicação que recaiu sobre ela desde os tempos da nossa mãe doente.

Sônia Marmeladova, eu ousei chamá-la certa vez. E irônica no rosto quase impassível, de bronze, perguntou se precisava que também se prostituísse. Achei surpreendente que ela se lembrasse desse detalhe, porque quando gastei mais de uma hora, empolgado, lhe contando do livro que ela desistiu de ler, manteve um ar absorto, como se preferisse resguardar apenas a essência da trama. Rimos da referência literária.

À noite, nas pausas recorrentes da leitura, martelei essa ideia de que nossa família era um fardo de mula nas suas ancas e dormi pensando em alguma maneira de aliviar-lhe o peso. Isso faz coisa de meses.

Decido que vou fazer a barba enquanto tomo banho, e vou colocar uma roupa alegre para almoçarmos fora. Se estiar. Caso não melhore o tempo, ela vai usá-lo como desculpa, vai justificar que precisamos economizar dinheiro, já procurando o que cozinhar na geladeira.

O barbeador está gasto e os pelos hirsutos parecem romper as lâminas. Passo com calma os dedos pelo queixo, pelo pescoço e sinto arranhar. Por fim fico extasiado com as gotículas de sangue que brotam em toda parte raspada, tanto que escorrem e formam fios que unem os cortes. Se não coagulassem, quanto tempo demoraria até que todo o sangue se esvaísse irreversivelmente?

Meus olhos amanheceram com profundas olheiras, apagados, míopes. Quero perguntar à minha irmã se uma barba espessa não melhoraria meu aspecto, se na rua chamaria a atenção de alguma mulher. Alguma mais velha, quem sabe com dois filhos jovens e um marido ausente. Resolvo lavar o sangue, vestir-me e sair do quarto. A surpresa é que minha irmã não está em casa, não deixou nenhum bilhete, como costuma fazer, e nem o café na mesa.

## Mãe

Ela nasceu com três quilos e duzentos e dez gramas. Cabeluda, com os olhos sempre arregalados. Dormia muito e acordava com uma fome absurda. Já nos primeiros dias os bicos dos meus seios estavam rachados, doloridos, sangrando. E ela continuava sugando esfomeada, dando cabeçadas quando diminuía o fluxo de leite. Perguntei para duas conhecidas e para minha mãe se tudo aquilo era normal e disseram que eu me acostumaria. Eu tinha dúvidas. Doía tanto. Ao mesmo tempo ela crescia linda, bochechuda, feliz. Uma felicidade que não vi no menino, que parecia sentir dores constantes, com aquele rosto carrancudo, já nos primeiros anos.

Eu amava mostrá-la para todo mundo. Nas festas, nos encontros familiares se tornou o centro das atenções, era muito esperta, era só elogios. E eu sorria como se fossem para mim. Era fruto do meu amor, produto do meu corpo. Do corpo que talvez não se recuperasse das estrias, daquela gordura quase líquida provocando ondas na minha barriga.

Procurava surpreender um olhar desaprovador do meu marido, um olhar que eu tinha para mim mesma na frente do espelho. Mas o meu maior incômodo era a dor dos bicos rachados, a carne viva sendo espetada por agulhas a cada sugada. Ao menos os bracinhos e as coxas iam engordando e acumulando dobrinhas, uma coisa bonita de ver, e eu ficava admirando seus gestos de bebê. A mãozinha estudando as texturas, a própria força; os pezinhos levantados e inquietos. Então eu gostava de apertá-la, morder a bunda e os minúsculos ombros. Fazia tantas previsões para o futuro dela. No fim das contas era o meu futuro, cuidando para que tudo desse certo na vida daquela criança. Para o meu marido eu resguardava um pouco de atenção. Ele não desistiu de me procurar, até o dia em que se espantou com o leite que jorrou na sua boca.

## Pai

Como tenho o sono pesado, minha mulher atendeu o telefone. Disse depois que teve receio em me acordar. Não sabia como contar e também demorou a entender o que diziam. Meu pai tinha morrido durante o sono. Minha mãe, desesperada, mal acreditava. Havia tentado despertar o velho, primeiro o recriminando por aquele tipo de brincadeira, depois sacudindo-o, soprando sua boca aberta, pressionando seu peito.

Tentando equilibrar-se nas pernas, correu para buscar água, não conseguia achar na caixa de sapato o remédio correto e inútil. Mais tarde, quando já era indiscutível, ligou em casa. Minha mulher compreendeu tudo pelas palavras pai e morto, ditas em meio ao monte de frases confusas. Eu me atrapalhei com os sapatos, com a roupa, com as crianças pequenas. Por um momento pensei em levá-las até os avós, sem pensar no defunto estendido na cama.

Quando entrei sozinho na casa, minha mãe começou a chorar, me abraçando. Está no quarto, disse, e esticou o queixo indicando que eu fosse vê-lo. Por uns minutos retive o passo: na parede os mesmos quadros, a estante de livros na sala, a televisão, a fotografia deles, pai e mãe, ela sorrindo e ele também. Ele sorria? Está no quarto, minha mãe me despertou. Desde a infância eu não entrava ali. O guarda-roupa escuro, reforçado, o piso de tacos encerado, o coração de Jesus emoldurado sobre a cama. Ele deitado de barriga para cima. O pijama esgarçado, puído, desbotado. Os pés arroxeados, com unhas compridas. Parecia mais magro. A boca escancarada, os dentes como se quisesse morder. Lembrei da mentira tantas vezes repetida sobre a delicadeza das expressões no descanso da morte. Das mortes naturais. Meu pai exibia uma careta triste, feia. Os braços minha mãe tinha arranjado junto ao corpo. Então por que não cuidou da boca, daquela expressão que se mistura às boas lembranças que tenho dele? Devia ter perguntado se, naqueles anos de sobrevida, aquela expressão medonha atormentou minha mãe, presa no cotidiano opressivo daquela casa. Imaginava seus passos pesados, de mulher gorda, embolando os tapetes, se apoiando nos móveis. Eu devia ter desrespeitado sua vontade de sofrer sozinha naquele mausoléu de decoração supérflua.

O corpo do meu pai parecia sem importância, quanta diferença não faz a vida pulsando a carne. Do contrário é possível retalhar cada membro, rasgar as tripas fedorentas, arrancar os olhos. Eram verdes os do meu pai, uma herança que me faria muito bem, eu pensei ao olhar para ele.

Abaixei as pálpebras que minha mãe desleixou. Senti os pulsos, examinei o coração, estudei a respiração, sem pensar no absurdo. Talvez para provar à minha mãe, que me espiava da porta, que não tinha mais jeito. Ela confiava em mim, na minha desenvoltura para cuidar de tudo. Telefonei para a polícia, para meus irmãos, para parentes e amigos, para a funerária. No outro dia choveu forte meia hora antes do enterro. Amassando a lama que impregnou meus sapatos e as botas dos coveiros, assisti calado os últimos tijolos fechando o jazigo, e minha boca já não aguentava mais de sede.

# Filha

Já estávamos no último ano do colégio quando a Julia veio me contar dos bilhetes. Daqueles que ela me enviou meses antes e que deixaram de chegar repentinamente. Foi um espanto. Não conversávamos, não tínhamos nenhuma afinidade aparente. Ela sentava no fundo da sala e era assediada por uns meninos. A Jaque, a Pam e a Debi, que se tratavam com essas abreviações irritantes, eram as mais fofoqueiras da turma e falavam muito mal dela.

Eu estava lendo no intervalo, um dos últimos livros que consegui terminar, e ela sentou ao meu lado, perguntando da história. Um pretexto tão comum para quem pretende puxar outro assunto, e eu, com os olhos sempre baixos, quase contei tudo o que tinha lido até então. Ela, ao contrário de outras poucas pessoas que tentaram contato comigo, não se mostrou desinteressada. Ouviu, interagiu, e quando eu não tinha mais o que contar, de supetão, revelou sobre os bilhetes.

Disse que começou a reparar em mim de um jeito diferente, desde o começo do ano. Disse que à noite, dormia tarde pensando em mim. Acreditou que estava apaixonada, porque quanto mais devaneava, mais bonito era o meu cabelo, mais impressionante o meu rosto, mais misterioso era o meu corpo. E realmente acreditava que estava apaixonada por mim durante o tempo que me escreveu aqueles bilhetes. Mas que essa paixão durou pouco mais de um mês. Tinha, então, conhecido um rapaz mais velho que estava lhe revelando tantas maravilhas que eu deixei de ser interessante. Ou nas palavras dela: a paixão evaporou. Eu não fiquei escandalizada nem fascinada com essa revelação. Invejava, sim, sua maturidade e, como nos tornamos amigas, adorava ouvir suas histórias eróticas com o namorado. Nos intervalos sempre achávamos um canto tranquilo para conversar, cada vez com maior intimidade. Tanta intimidade que, meses depois, por pouco não conto a ela sobre meu pai.

## Filho

Lavei alguns pratos, os talheres deixei no escorredor, e sentei para esperá-la. E a minha irmã só chegou depois das duas, com uma sacola de compras. Foi ao mercado? Fui, tudo está muito caro, tergiversa. Tenho vontade de interrogá-la, de desvendar seus passos, mas recuo. Toma água, deve estar um calor terrível lá fora. Viu que voltei pegando fogo? Reparo no seu rosto afogueado, nos braços vermelhos. Eu tinha pensado em ir até a cachoeira para nos refrescar. Quem fica só cuidando dessa casa merece um descanso. Acho que depois do almoço, vou tirar um cochilo. Se incomoda, meu irmão? Minha vontade de sair de casa tinha o único propósito de agradá-la, mas se ela preferia dormir um pouco, eu não tinha alternativa. Enquanto você dorme, quero ver aquelas fotos antigas, onde elas estão? No meu guarda-roupa, do lado direito dos vestidos. Vou lá depois, obrigado. Posso comer pão, se você não está com vontade de cozinhar. Então guarda as coisas na geladeira e no armário e, em seguida, vai até o quarto pegar as fotografias que eu queria.

Contrariando o meu frequente desinteresse por aqueles álbuns, comecei a espalhá-los pelo tapete, como se fôssemos brincar de pescá-los aleatoriamente. Uma brincadeira feliz. Três dos álbuns tinham a mesma capa. Um deles era dos nossos avós, um catálogo de mortos: as fotos dos meus pais quando crianças e dos tios que já tinham se dissolvido nos túmulos. Gosto apenas das fotos da tia Adalgisa. Queria tanto que ela tivesse nos visitado mais na minha adolescência. Ninguém era tímido o bastante para escapar imune àquela beleza. Ainda que tenha a visto pouco, vez ou outra, eu sonhava com ela. Uma vez tive um sonho com ela e passei o dia relembrando e devaneando sobre um encontro real: só nós dois na cachoeira.

Minha irmã sabe de cor a seleção de fotos que pretende relembrar e abre uma página em que estou vestido de uniforme para o meu primeiro dia de escola. Tinha seis anos. Minha mãe organizou tudo: do material ao meu cabelo; do lanche à minha insegurança. Achei a escola enorme. Aqueles corredores gigantes, a balbúrdia das crianças em risco iminente, e o professor Arlindo ou Aníbal, com cara de quem mordia o braço dos alunos. Talvez não mordesse, mas beliscava, e também estapeava a mesa dele, mesmo quando estávamos em silêncio. Anos depois soube que foi afastado.

Na escola descobri que dominar as palavras me daria algum poder. Sobretudo o de ser bajulado. Uma coisa óbvia que, no entanto, poucos praticavam. As palavras dos livros infantis, que eu tinha êxtase em aprender e utilizava para recontar as histórias, seduziam meus colegas e os professores, que prognosticavam para mim um futuro brilhante. Comigo, erraram feio. Quase sempre erram o destino das pessoas. Alguns professores sentem prazer em se vangloriar das crianças que viraram médicos, engenheiros e advogados, e esquecem que no tempo de escola alardeavam dias sinistros para quase todas elas.

Um dia encontrei a Ana Luíza, minha professora de português do ginásio. Quis logo saber o que eu era, que profissão havia seguido, e eu disse: nada, nenhuma. Desapontou-se. Para não estragar a conversa, perguntou dos meus pais. Mortos, eu disse. Quando se despediu, parecia frustrada com a própria profissão. Querem que todos os seus pupilos sejam grandes homens e mulheres?

Digo à minha irmã que apenas Masoch se deleitaria com minha relutância em relembrar os olhos ternos da nossa mãe, a beleza da tia Adalgisa, o esgar da boca do pai. Tais lembranças realçam a amargura. É a sua melancolia que as contamina, ela responde. O homem embriaga-se com a própria tristeza, minha irmã.

## Mãe

Os olhos são os do pai: brilhando quando se sente feliz. Tinha o hábito de perguntar tantas coisas, esperando atenta a resposta. Gostava de me acompanhar na arrumação da casa, curiosa e prestativa se eu pedisse qualquer ajuda. E eu pedia para buscar ou carregar algo, um teste para suas habilidades, para ver sua alegria em ser útil. Às vezes se antecipava e me surpreendia varrendo um canto da cozinha ou passando um pano nos móveis. Quando voltava do quintal me trazia alguma florzinha. Uma qualquer que nascia perto das árvores ou no caminho para a cachoeira. Ela dizia que preferia as vermelhas, mas procurava as brancas que era minha cor preferida. Eu colocava em um copo com água e todo dia ela queria substituir porque achava que já estavam murchas.

Os meus dias tristes, que se tornaram piores após seu nascimento, foram rareando, por causa da atenção que ela exigia. Todas as surpresas, as gracinhas que revelava ainda bebê e na primeira infância, arrancavam uma alegria espontânea.

Quando completou quatro anos, veio a minha segunda gravidez, um tormento de náuseas e quedas de pressão. Minha filha passava muitas horas com a empregada. Espalhava os brinquedos e eu sempre via as duas brincando. Como se não tivesse serviço para fazer. Vinha me pedir o pente e a empregada caprichava no penteado. Ou invertiam os papéis e eu advertia que não era para pentear os outros de fora com o seu pente. Também foi a empregada que arrancou seu primeiro dente de leite. As novidades que o crescimento e o aprendizado dela proporcionavam não eram apenas para minha satisfação.

O pai via o desenvolvimento da menina e as perguntas surpreendentes como algo normal, mas a empregada vinha empolgada, contar qualquer frase diferente. Eu sentia certo mal-estar: por que não tinha dito para mim? Após a história com meu marido, ela foi despedida e a menina voltou a ser só minha. Então já era tempo de nascer o menino. Ela começou a ficar sozinha, falar sozinha ou passar longas horas calada.

Nenhum professor reclamou dela durante todos aqueles anos. Nas reuniões de pais me acostumei com as melhores notas, com os elogios, apesar da sua timidez. Por acaso, ainda no primário, descobri por uma mãe que tinha uma amiga próxima. Talvez tivesse mencionado a menina, mas não conseguia lembrar. A mãe, por outro lado, sabia muito sobre minha filha, das coisas que adorava fazer e da proibição de dormir fora ou chamar alguém para passar a noite lá em casa. Mas não existia proibição alguma, eu só acreditava que ela não tinha nenhuma amiga íntima. Perguntei sobre a amiga e minha filha disse que não eram tão próximas. Acreditei nela.

Um dia a descobri chorando no quarto e me contou do sininho que alguém na escola tinha roubado. Não era nada precioso, não passava de um brinquedo supérfluo que eu havia lhe comprado, mas corri na escola, nervosa, porque era uma grande oportunidade de defendê-la. Ao invés de se aproximar, pareceu sentir vergonha de mim, do meu exagero de mãe preocupada.

Quando completou doze anos me escondeu a menarca. Eu tinha percebido que andava aflita, que tentava esconder o corpo em roupas largas, mas não dei muita importância. Na segunda menstruação encontrei uma calcinha manchada. Quando chegou da escola e se fechou no quarto para as lições, eu entrei pisando em ovos, porque tinha medo, porque não sabia como começar a conversa. Ela devia saber de tudo, pois não perguntou nada e só concordava com os cuidados que devia ter nos próximos meses. Os perigos de gravidez eu deixei para alertar em outra conversa, sempre prorrogando, e que, no fim das contas, nunca tivemos. Sua menstruação foi como vitamina para o desenvolvimento do seu corpo. Em pouco tempo sua pele mudou, criou curvas, estava tão linda. Os cabelos, os seios crescidos, a barriga firme, as coxas lisinhas. Sem que eu percebesse, ela havia se tornado uma mulher.

## Pai

Por volta das sete saí da loja e tranquei tudo. Pouco antes eu tinha ligado para minha mulher e ela nem questionou por que me atrasaria. Eu disse o de sempre: muito trabalho e uma horinha no bar. Mas pretendia passar na Ivonete depois de meses sem aparecer. Pela primeira vez me descontentou a música, a bebida pareceu amarga demais e as meninas insossas. Para piorar, minutos depois chegou o Álvaro com aquelas conversas sem propósito, sempre contando sobre os detalhes do seu desempenho com as putas. Só gostava quando descrevia as mulheres. Por duas ou três vezes tive curiosidade de perguntar às meninas que já subiram com ele se aquela presunção convinha com sua competência, mas temi que não entendessem que eu só quisesse desmascará-lo. Assim que entrou me puxou para um canto a fim de começar sua ladainha.

Deixei que falasse e só prestei atenção em como era cabeludo o seu braço: uns pelos pretos, longos. Tinha a unha do mindinho bem crescida e, por duas vezes, enquanto descrevia as características íntimas de algumas moças, coçou o ouvido esquerdo com ela e limpou na calça. Seus dentes saltados mal cabiam na boca, a barriga destoava da magreza ossuda, o cabelo emplastava na franja. Por um instante senti pena, mas em seguida pedi licença apontando com a cabeça uma menina nova na casa. Ele entendeu e ainda me incentivou com um tapinha no ombro. Até nisso era um chato.

Da putinha faltava um dente e tinha exagerado no perfume. Pegou na minha perna, tentou desabotoar minha camisa, me incomodando. A voz também me irritou. Saí acenando de longe para a Ivonete e ela arregalou os olhos, curiosa. Fiz um gesto de que voltava outro dia.

Tinha decidido ir para casa, mas uma das ruas estava interditada e o desvio passava por um bar que eu não conhecia. Um boteco ordinário. Dois rapazes tomavam cerveja e tentavam espantar um menino pedinte. Quando gritaram para o dono fritar umas linguiças, eu entrei. Achei sujo. Pedi um conhaque e a garrafa estava toda empoeirada. Tomei a segunda, a terceira dose, ouvindo os rapazes. Nesse tempo chegaram três moças. Peguei o meu copo e sentei na calçada, na mesa ao lado deles. Eu tentei disfarçar, mas um dos rapazes percebeu meu olhar insistente e cutucou a moça. Ela me encarou brava, muito diferente do ar sorridente que mantinha desde a chegada. Recuei e me concentrei na bebida, no movimento da rua. Quando passava um carro, acompanhando-o, aproveitava para olhá-la de canto de olho. Com medo, porque cochicharam entre eles qualquer coisa sobre mim, e imaginei que só esperavam uma oportunidade para encresparem comigo.

Conforme bebiam, os cinco iam ficando mais extrovertidos, mais íntimos. Um casal se formou rapidamente, ou talvez já fossem namorados. As outras moças dançaram quando o dono do bar aumentou o volume do rádio. Aos poucos esqueceram de mim, que reparava excitado os movimentos sensuais das danças. Trocavam entre eles olhares que a minha geração só trocava privadamente. Todos não deviam ter mais que vinte anos. Nessa idade eu comecei a namorar minha mulher e o mais próximo que chegamos daqueles jogos foi na cachoeira. Eles, sim, podiam usufruir daquela liberdade.

Uma das moças era mais saliente. Levantava de supetão para dançar, depois sentava na calçada deixando entrever a calcinha preta. Usava um vestido curto e decotado. Os peitos levemente empinados. Fui perdendo o medo. Quase sem perceber eu acariciava a calça, animado com a ereção. Fiquei por ali até bem tarde, e só fui embora depois que elas saíram do bar.

Em casa é que soube das horas. Minha mulher dormia pesado. Por um tempo pensei em acordá-la para trepar com ela imaginando as novinhas que dançavam no bar, mas desisti porque sentia sede e fome. Na cozinha belisquei um pedaço de carne assada e ainda tomei uma cerveja.

Continuava lembrando da moça da calcinha preta. Não peguei no sono. Quantos anos ela teria mesmo? Será que um daqueles rapazes já teria se aproveitado daquela delícia de corpo? Os peitos eram maiores que os da Janaína, e deviam ter as auréolas mais escuras. Como depilaria seus pelinhos?

Não ia conseguir dormir. Voltei à cozinha e abri outra cerveja. Passava das duas da madrugada quando tentei não fazer barulho ao abrir a porta do quarto das crianças. O menino dormia, mas talvez tenha acordado quando chamei sua irmã. Não fez nenhum caso com a saída dela e com certeza não veio atrás da gente até o quarto da empregada. Eu disse que tinha um presente guardado no pequeno guarda-roupa. Quando eu sentei ao seu lado na cama, ela se retraiu. Eu me desculpei, disse que sua mãe poderia ter achado o presente e escondido, mas que não tinha problema, eu daria dinheiro para ela comprar o que quisesse. Enfiei a mão no bolso da calça e retirei umas notas amarrotadas. Insisti para que escolhesse qualquer quantia e ela se espantou. Podia ser pelo tanto de dinheiro, por tentar imaginar o que compraria, talvez por ser tímida. Talvez porque percebeu que o pai estava bêbado. Mexi nos seus cabelos, afastando uma mecha dos olhos. Elogiei seu temperamento, disse que ela era uma menina muito boazinha. Contei que tínhamos guardado seus dentinhos de leite. Sua mão se escondia na minha quando a levava para passear e agora tinha aqueles dedos compridos. De pianista. Quis saber se ela gostaria de aprender e ela respondeu que estava velha para isso. Confirmei que realmente o tempo voava, que ela já era uma mulher. Perguntei se já tinha algum namoradinho escondido. Acreditei que não tinha porque parecia se surpreender com a minha pergunta. Sorri, e a acariciei: primeiro na cabeça, de novo remexendo nos cabelos, depois como se escovasse as sobrancelhas; e por fim apertei o seu queixo. Pedi para ela me abraçar e me dar um beijo de boa noite, e que voltasse para o seu quarto para dormir.

De volta ao meu quarto, minha mulher nem se mexia e mesmo assim deitei com todo o cuidado, sem me cobrir, sem saber no que concentrar os pensamentos. Precisava pensar em qualquer coisa que não fosse a moça da calcinha preta.

Na noite seguinte, não parei em nenhum bar, fui direto para casa, cheguei cedo, e jantamos às oito e minha mulher ficou contente com meu apetite, com minha gula na hora da sobremesa. Tinha feito pudim de queijo e eu elogiei, afinal era o melhor que ela tinha feito em tantos anos. Nossa filha também gostou. Descuidada, deixou a calda escorrer pelo canto da boca. Ajudou a recolher os pratos e lavar a louça e depois disse que faria lições no quarto. Por curiosidade passei por lá, mais tarde, e apenas conversava baixinho com o irmão. Já estavam deitados em suas camas e dei boa-noite aos dois, um beijo e um abraço na menina, um aperto de mãos num estalo com força e com gestos que já vi os garotos fazendo nas ruas. De volta à sala, minha mulher propôs bebermos um vinho. Busquei uma garrafa, alcancei no alto do armário duas taças e, na sua alegria, não percebeu que eu enchia a dela, sem parar. Ela nunca foi muito resistente à bebida. Meia garrafa era o suficiente para derrubá-la e acabou tomando quase inteira. Então foi só esperar que ela desmaiasse na cama para eu pegar uma das calcinhas da menina no cesto de roupas sujas e me trancar no quartinho. O cheiro da juventude é sempre muito mais agradável.

# segunda parte

# Filha

Meu irmão andou procurando por três dias perto da praça onde viu meu pai dormindo. Tinham limpado tudo, carregado as tranqueiras acumuladas, lavado o chão com água sanitária. Depois de muita insistência, o garçom de um bar contou baixinho que foi a Prefeitura, a pedido dos comerciantes. Levaram todos e queimaram suas coisas. Daí meu irmão foi até a Prefeitura e precisou visitar vários setores, e ninguém soube informar. Dois ou três funcionários recomendaram que tivesse paciência, porque esse tipo de gente some por um tempo, mas volta.

Ele ainda retornou à Prefeitura, continuou procurando nas ruas e em outros lugares, onde disseram que os mendigos estavam se juntando. Eu ficava tentando desvendar no tom de voz, na agitação dos braços, o motivo escondido daquela caça. A sua impaciência pelo desaparecimento do pai, depois daquele encontro na praça, não podia ser para ouvir uma justificativa e um pedido de perdão. Não queria acreditar que pudesse voltar com ele para a casa, se aproveitando de nossa mãe debilitada, pois isso eu não permitiria, ainda que meu irmão fosse tão convincente.

Deixei que continuasse procurando, por preguiça e com medo de que brigássemos sério. Também torcia para que nosso pai tivesse desaparecido de vez. Aquela limpeza da Prefeitura podia ter levado ele para outra cidade, alguma bem distante a ponto de não poder voltar, de um jeito que perdêssemos seu rastro para sempre.

Também tinha a possibilidade de ele ter morrido. Pensar nisso mudava muito o meu humor, dificultava as coisas mais cotidianas, porque eu começava a imaginar a sua morte: tranquila, dormindo; dolorida, por causa do frio ou da violência de alguém. Calculava que tivessem achado o corpo e cumprido o protocolo, enterrando sem identificação. Cada pensamento e suas bifurcações me atormentavam. Queria que tivesse morrido sem sofrimentos, só com um suspiro. Outras vezes imaginava o frio congelando suas pernas, seus braços, amortecendo seu nariz e seus lábios. Ou até mesmo alguém que chegasse para roubar-lhe a bebida ou um pão murcho. Talvez batessem nele com muita força, com um pedaço grosso de madeira ou ferro. De uma forma ou de outra, com o corpo ileso ou marcado de pancadas, eu preferia que estivesse morto.

# Filho

Se dissiparam as nuvens carregadas do início da tarde. Há uma algazarra de pássaros nas árvores, no gramado. Tão felizes que é impossível imaginá-los mortos.

Elizabete tinha dois filhos pequenos, um canário e um marido. Por motivos diversos eu não gostava de nenhum deles. Quando as crianças — Caim e Abel que apenas aguardavam a oportunidade do fratricídio — iam para a escola, eu entrava, desconfiado, pelos fundos da casa. O marido viajava demais e a chance de chegar sem aviso me aguçava os ouvidos. Talvez por isso me chamasse à atenção nunca ter ouvido cantar o canário. Um dia perguntei se não tinham cortado sua língua na loja de animais e a Elizabete arregalou os olhos. Ainda sério, inventei que faziam isso porque era insuportável todos aqueles pássaros trinando ao mesmo tempo. Que horror, ela disse. Como podemos descobrir?, perguntou, e eu que já me dispunha a desmanchar a brincadeira, desisti e me aproximei da gaiola. Eu abro o bico e você olha. Ela ficou indecisa. No seu semblante devia transparecer uma série de imagens: a língua cortada, a repulsa de uma loja de pássaros mudos, a morbidez do amante. Talvez eu fosse alguém perigoso. Encostei o rosto no gradil da gaiola e o canário começou a se debater. Para com isso, ela quase gritou. Então eu me afastei da gaiola sorrindo e beijei seu pescoço, apertei sua cintura. Só gosto de pássaros livres, eu disse.

Quando transamos pela primeira vez, ela teve vergonha de tirar a roupa toda. Ficou de blusa. Tirou só a parte de baixo. Pari dois bebês, e se você fosse cinco anos mais moço, poderia ser meu filho, ela disse. A vergonha rebaixa as pessoas. Meses antes eu escolhia um livro na biblioteca, correndo algum título que me intrigasse. Abaixado vi suas pernas no outro corredor. Pensei que pudesse estipular sua idade pela tessitura da pele. Errei. Mas foi instigante saber que se fosse mais jovem, a beleza das pernas não teria tanto efeito. Ela entrou no meu corredor: a saia estampada acima do joelho, a blusa branca, o cabelo em um coque alto. Procurava a letra L, balbuciando-a. Leskov ou Lermontov, eu quis ajudá-la e me olhou inquisidora. Me rebaixei, envergonhado. Me encolhi. Em seguida me confundiu com um funcionário e pediu ajuda: Lispector. Queria voltar a ler, agora que os filhos estavam maiores e iam para a escola. Se fosse para ficar sozinha, que encontrasse uma atividade adequada, se insinuou. Ainda assim me senti aquém dos seus desejos: desalinhado, magricela.

Na semana seguinte fingi coincidência reencontrá-la nos corredores e perguntei se tinha gostado da leitura. Muito, respondeu, menos arisca. Queria outro da Clarice. Um antigo professor me disse que se a vida é curta para ler todos os livros de uma grande biblioteca, é preferível escolhermos o melhor de cada autor, eu me exaltei, quase atropelando as palavras. Pediu uma indicação, com o mesmo sorriso que exibiu após nosso primeiro beijo, furtivo, ali mesmo, atrás de uma estante de livros.

Uma semana depois se mostrava muito constrangida por causa dos seios um pouco flácidos e de uma cicatriz da cesárea. Achei que naquela hora não me adiantariam as palavras e a abracei com força. Perdemos juntos algumas das nossas inibições até o marido ficar desempregado. Talvez ela tenha se mudado, encontrado outro amante, morrido com um tiro do companheiro ciumento.

## Pai

Naquela semana demorava para dormir, apesar do cansaço. E não era de trabalhar. Na maior parte do tempo justificava que tinha negócios a resolver na rua e ficava perambulando. A atenção que eu geralmente dedicava às mulheres adultas, agora era das adolescentes. Era uma distração contraditória, porque cada menina que encontrava comparava fisicamente com minha filha. E ela sempre levava vantagem.

Comecei a prestar a atenção nos meus amigos, na conversa de homens nas ruas e nos bares. Alguns mordiam os lábios quando viam ou comentavam sobre uma menina, qualquer adolescente. Admiravam-se com o tamanho dos peitos, a grossura das coxas e o volume da bunda. Avaliavam o rosto, quase sempre julgando que eram safadas. Ou se faziam de inocentes. Eu pensava na minha filha passando na frente de qualquer um deles, recebendo olhares e cantadas, e tinha nojo. Queria minha filha só para mim.

A primeira vez que a vi com meus instintos alterados foi na praia. Ao voltarmos para casa, comecei a reparar nela de um jeito mais demorado, aproveitando os carinhos de pai para apertá-la mais forte e sentir o seu cheiro. Tentava espiá-la no quarto para ver se estava trocando de roupa. Minha mulher provavelmente tinha percebido alguma coisa e usou do fato de eu chegar bêbado alguns dias para protegê-la. Mandou que as crianças se trancassem no quarto quando percebessem que eu chegaria mais tarde, geralmente alterado. Se eu bebia, tinha coragem para bater no quarto e desejar boa noite. Algumas vezes não abriam a porta. Quando eu chegava sóbrio, mais cedo, estavam na sala conversando ou vendo televisão.

Estando sóbrio ou bêbado, minha filha não tinha medo de mim. Gostava dos meus abraços, de ouvir repetir que a amava. Sentava na minha perna quando eu estava no sofá. Aquilo era um sinal de que ela não se importava com meus carinhos cada vez mais ousados e demorados. Se eu mexia no seu cabelo, inclinava a cabeça,

adorando. Se colocava a mão na sua perna, se arrepiava.
Eu fechava os olhos ao beijar seu pescoço. Minhas carícias foram aumentando de intensidade cada vez mais. Do pescoço desciam pelos seios, passando pela barriga lisinha, seguindo em direção as coxas, joelhos, até os pés. E assim, como um animal que lambe a sua cria, fui tomando coragem para mostrar a minha filha de que eu era o único que poderia protegê-la do mundo lá fora. Eu pude dizer isso à ela, quando a levei para o quartinho, pedi que deitasse de bruços com a cabeça em meu colo e fiquei acariciando suas coxas enquanto ela sentia, com o rosto, o meu membro ereto, para demarcar que aquele território seria só nosso. Como ela não disse nada, pensei que tinha entendido tudo. E que a cada noite, a gente poderia avançar um pouco mais em nossa intimidade de pai e filha, que seria para sempre, só nossa.

## Mãe

No pé havia uma goiaba temporã. Maior do que as de março. Era novembro. Ventava muito, as crianças estavam na escola. Da janela da cozinha eu vi a goiaba amarela, quando uma rajada de vento balançou os galhos. Ainda permaneci um tempo tentando recordar o cheiro de goiaba madura. E nesse ritmo eu levaria uma hora para lavar a louça, outra para ajeitar o resto da cozinha, e atrasaria o almoço. À tarde cuidaria dos quartos, da sala, dos banheiros. Tinha pensado em inverter a ordem, deixar o banheiro do quarto para o dia seguinte, tirar os tapetes da sala para o jardim e batê-los. E ainda precisava comprar um forro novo para as almofadas.

Continuava vendo a goiaba e um sanhaço sentou em um galho bem próximo. Pareceu não ter visto a goiaba, mas procurava dando pulos, se misturando às folhas. Um medo repentino de que encontrasse e a bicasse me fez sair para espantá-lo. Só não tinha pensado o porquê: se eu mesma queria comer a goiaba, se apanharia para os meus filhos.

Ao comprarmos o terreno, a goiabeira já estava mirrada entre as outras árvores. Eu insisti para preservá-la e, apenas por coincidência, a janela da cozinha permitia que eu me distraísse com os passarinhos que vinham ali, principalmente em março. Quando o menino era menor, gostava de perguntar o nome deles e eu tive que estudar e inventar alguns nomes. Depois ele me mostrou nos livros que eu estava enganada. Olha, mãe, dizia apontando para a fotografia, essa é a saíra e não o filhote de sanhaço, esse é um sabiá e não uma viuvinha. Aquele é o anu, a alma de gato, o tuim. Eu me orgulhava disso. Ele sempre foi muito inteligente, e cresceu mergulhado nos livros desde muito cedo.

Ouvindo os meus passos, o sanhaço voou para a árvore próxima, perto de um galho seco, grande o suficiente para alcançar a goiaba. Deu trabalho derrubar. Não queria que estourasse. Não deu certo. Ao cair na grama vi que estava bicada, com um buraco até grande. Um vermelho forte. Não seria nada demais se eu tivesse voltado para casa, mantido a rotina. Continuei por ali, procurando outras goiabas, distraída com os pássaros. Acostumados com a minha presença, se achegaram. Então resolvi pegar a trilha até a cachoeira. Sem pressa, reparando nos sons com medo de cobras. O chão estava todo coberto de folhas, pela falta de uso do caminho.

Fazia muito tempo que não ia até lá. Na última vez fizemos um piquenique com as crianças. O meu marido carregou a cesta, eu ajudei com os brinquedos. Chegamos tão suados que entramos na água ainda vestidos, tateando as pedras do fundo para orientar os pequenos. Todos ansiosos. Eu estava muito feliz naquele dia, porque enquanto as crianças eram pequenas, cada evento com elas era uma alegria. Da última vez, quando andei sozinha até a cachoeira, eu me sentia livre. Sim, tinha me esquecido do serviço de casa, da angústia que era a hora do meu marido chegar do trabalho.

A água do poço, abaixo da cachoeira, estava limpa como uma lente de aumento, ampliando meus dedos e as unhas malcuidadas. Depois ergui o vestido na altura da cintura e avancei mais para o fundo. O vestido ficou quase flutuando. Aos poucos me acostumei com a temperatura e com o barulho da cascata. Uns peixinhos minúsculos pareciam espantados com as pequenas bolhas que se formavam na minha pele. Mergulhei devagar o rosto na água para enxergar melhor, mas foi impossível. Fugiram ou simplesmente não conseguia ver nenhum. Ainda assim continuei olhando, vasculhando o fundo: as pedras, os grãos de areia. O som da cachoeira e da mata distorcidos. Em seguida, com certa dificuldade, tirei a calcinha e escondi no sutiã.

No começo tive medo. Com calma reparei nas frestas entre as árvores, em possíveis conversas, mas não havia ninguém do outro lado do riacho. Ninguém que pudesse me atrapalhar. Foi uma manhã que tirei para mim, sozinha, como há tempos não fazia.

## Filho

As três batidas reverberaram em uma porta oca. Se as saúvas podem acabar com as plantas vivas, das mortas os cupins se encarregam. Não fossem os reparos, as reconstruções, em quanto tempo a natureza tomaria conta de tudo? Nossa casa tomada pelos animais rastejando pelos cômodos, escalando as paredes rachadas pelas intempéries, o chão ravinado pelas raízes das árvores, o telhado caído, as trepadeiras dificultando a passagem do sol.

Minha irmã acaba de entrar no quarto e tem a fisionomia descansada. Não faz meia hora que anoiteceu. Você dormiu quase três horas, digo. Não sei por que faz uma cara de culpa. É uma pena que esse sentimento controle tanto suas ações, suas palavras. Por mais que se recuse em admitir, percebo que se remói por dentro, um remorso absurdo pela derrocada da família. Digo que hoje vou fazer o jantar: prefere carne, peixe ou frango? Ela ri. Ainda que tivesse todas essas opções — como está difícil ganhar dinheiro — eu não saberia o que fazer com nenhuma delas. Já que não consegue se decidir, cozinharei macarrão. Você trouxe queijo?

Observando ela comer com tanta vontade, por um tempo esqueço meu prato, que esfria. Aos poucos vai readquirindo a beleza: o peso, o tônus da pele, o brilho do cabelo. A cada ciclo de formosura recai-lhe um desastre: nosso pai, o fim de um namoro, a morte da nossa mãe. Então emagrece, a insônia castiga suas olheiras, aparecem manchas roxas nos braços e nas pernas.

Amanhã vou procurar um serviço. Se pagarem bem, no próximo jantar poderá escolher a carne que mais lhe apetece. Sei que não. Acham que revisar textos não passa de um trabalho mecânico, que qualquer idiota alfabetizado pode dar conta. Tomara não seja nenhum livro técnico. A ficção, pelo menos, permite fugir do tédio de vez em quando. Ela se levanta e me beija a cabeça. Faz mais de um mês que não tenho trabalho nenhum, nem um livro infantil, sequer. Apesar disso, nessa noite estamos felizes: a barriga cheia, a fé nos grandes propósitos da vida. Quero mostrar-lhe um conto que escrevi. Depois da louça, digo. É triste? Nem tanto.

## Pai

Ela esperou que eu chegasse do trabalho. As malas com todas as minhas roupas estavam na sala. Não precisei perguntar nada. Tinha uma semana que a minha filha fugia de mim, não olhava nos meus olhos mesmo quando era inevitável nos encontrarmos em algum cômodo. À noite eu procurava chegar bem tarde e, então, não fui mais ao quarto deles para desejar boa noite. O medo que eu tinha me fazia hesitar cada vez que a minha mulher me chamava. Eu ficava tentando desvendar o tom de voz dela, alguma coisa que revelasse qualquer desconfiança. O meu comportamento, o comportamento da minha filha naqueles dias, não deviam passar despercebidos.

Quando eu saí para trabalhar, pediu que a menina faltasse na escola e passou o dia descobrindo tudo. Disse que não foi fácil, porque nossa filha tinha medo, vergonha, dúvidas sobre a sua própria responsabilidade em relação às minhas carícias. Essas informações eu fui coletando aos poucos. Gritava que eu não encostasse nela, nunca mais, que tinha ânsia de vômito ao lembrar que dormíamos juntos. Me xingou de maníaco, de pedófilo, de verme, e os perdigotos realçavam a força das palavras. Quase se engasgava com outros palavrões que se repetiam. Depois começou o choro raivoso perguntando, mas sem deixar que eu respondesse, como eu tinha sido capaz, a nossa menina. Como ela não percebeu, em nenhum momento, o monstro que eu era. Me acertou um cinzeiro na barriga, quebrou um bibelô de porcelana que adorava e que tinha sido um presente de aniversário de casamento. Eu não tinha como desmentir, ainda que ao chegar em casa, diante das malas, me desse vontade de agir como se não soubesse de nada. Bastou olhar para o rosto dela para perceber que não adiantaria. Pedi perdão, tentei me aproximar, mas recuei por causa do olhar fulminante. Acreditava que se conseguisse abraçá-la, ficaria mais calma. Mas não adiantou. Queria me bater, mas não se aproximava para não correr o risco de eu segurá-la. Andava pela sala, esbarrava nas coisas, procurava mais coisas para me acertar. E de novo chorava, antes de começar outro ciclo violento. Eu, então, na tentativa de desviar a conversa, e prometendo me redimir de tudo, confessei minhas traições e ela respondeu que sabia de cada uma. Me auto desprezava para que ela compreendesse que só fiz aquilo por pura fraqueza, mentira, mentira, ela gritava. Algum demônio, um delírio sugou minhas forças de modo que não resisti, implorei, canalha, canalha, ela repetia fora de si. Naquele momento era impossível provar que estava arrependido, que aquele arrependimento eu sofreria para sempre. E pensava que nunca mais veria meus filhos.

Ainda fiquei ouvindo a lista das minhas traições e a acusação da minha falta de caráter. Contou que sabia da empregada, que tinha certeza das minhas visitas ao prostíbulo. Sabia da Janaína, porque eu a chamava, dormindo. Sabia do meu caso com a Catarina, a viúva de um cliente antigo da loja. Nunca mais entraria naquela casa. Nunca mais deveria procurá-los. Sequer telefonar. Ela pediria a separação, e se eu não aceitasse, revelaria o motivo daquilo tudo. Espalharia a história para minha família e meus amigos. Disse que iria até a polícia se fosse necessário. Saí cabisbaixo e acabei esquecendo as malas.

## Filha

A saia azul estava mais bonita, mas a preta ficou melhor no meu corpo. Enquanto eu tirava e vestia uma e outra, a vendedora veio saber se estava tudo bem. Insistiu em dar sua opinião. Por fim aceitei porque ela elogiou muito a preta. Ainda assim tive dúvidas na hora de pagar. Dessa vez quem incentivou foi o gerente. Apareceu ao meu lado como se tivesse saído de um porão e falou que o preço estava bom e da qualidade do tecido. Meio receoso acrescentou que a saia preta me caía muito bem.

Enquanto pagava, eu disse que ainda preferia a azul. Então o gerente cochichou que, em breve, chegariam novas saias. Quem sabe não chegasse uma azul com um bom corte. Pediu meu telefone, era só para me avisar.

Quando telefonou, quinze ou vinte dias depois, eu não entendia quem era Flávio e quase desliguei. Ele repetia que era da loja, que tinha chegado a saia. Agradeci, lamentei não ter dinheiro para outra, mas ele, paciente, explicou eu poderia passar lá só para ver o modelo, sem compromisso, e que se eu gostasse, poderia facilitar o pagamento.

Na semana seguinte eu passei na loja, mesmo convicta de que a visita seria inútil. A saia era linda, experimentando ficou ainda melhor. Ele elogiou, a vendedora apoiou o elogio e levei com a condição de que pagaria em duas vezes a partir do próximo mês.

Na segunda vez que me telefonou, perguntou da saia, se eu tinha mostrado para alguém especial e outras futilidades, até que tomou coragem de me convidar para sair. Contou que desde a primeira vez que me viu ficou encantado. Disse que havia uma lanchonete na cidade que seria uma pena eu não conhecer. E lá também serviam um sorvete muito bom. Não aceitei e ainda recusei por mais duas vezes, até que, vencida pelo cansaço, na quarta ligação fraquejei quando ele falou do calor, do sorvete,

DESAVISO 99

que talvez eu pudesse usar a saia azul, que era mesmo um encontro só para gente conversar, quem sabe nos tornarmos amigos, já que eu não correspondia ao interesse dele. Eu disse que seria um encontro muito rápido. E foi mesmo, tanto que não deu tempo de terminarmos a conversa, mas aceitei um segundo encontro. Depois o terceiro.

Ele era quinze anos mais velho que eu. Mas eu só descobri que tinha dois filhos e uma esposa que trabalhava em uma escola, na primeira vez em que transamos. Quando eu descansava os olhos no teto, foi só aí que ele me contou a verdade sobre sua vida, falou dos filhos, mostrou uma foto deles que tinha na carteira. Da esposa falou com a voz embargada. Contou que não viviam bem, que praticamente só moravam na mesma casa. Que a separação era uma questão de tempo. E logo depois ele começou a se animar outra vez examinando o meu corpo como um brinquedo de criança, me tocando de forma carinhosa. Suas carícias, sua tranquilidade e a voz doce eram bem diferentes da ansiedade dos namoradinhos que eu havia experimentado até ali, e da impetuosidade do meu pai. Não foi fácil convencê-lo de que o meu choro era de alegria.

## Mãe

Com certa frequência passei a visitar a cachoeira, ao menos por uma hora, nos dias em que conseguia despistar o serviço de casa. Uma vez encontrei uma cobra verde, fina e longa, que demorou a atravessar de um lado ao outro da trilha. Em outra vi um ouriço farejando comida.

Às vezes só colocava os pés na água, bem quieta para ver os peixinhos se aproximando, curiosos. Depois agitava os dedos para espantá-los. Se me entediava, voltava logo para casa. Em alguns dias, deitava numa pedra larga e olhava o céu.

Numa tarde, com os raios de sol filtrados pelas árvores, vi meu reflexo nítido no poço. Uma eventualidade banal, se meu rosto não estivesse tão enrugado. Pensei que fossem as ondulações da água corrente e também algum efeito da luz e das folhas das árvores. Procurei com as mãos todos aqueles vincos: na testa, no canto dos olhos. Estavam bem ali, marcados, profundos. Por que não tinha notado antes: surgiram de repente ou foi a falta de reparo no espelho?

A minha velhice nasceu quando me dei conta do cansaço daqueles dias inteiros de limpeza, de organização da casa, de pressa para preparar a comida, do cuidado com as crianças. Eu acordava com o choro delas: suas cólicas, a fome, a eventual insônia da menina. Me orgulhava na qualidade de mãe exemplar.

Mais crescidos, eu os acordava para a escola, correndo com o café da manhã, o almoço, o lanche, as roupas de cada um, as lições. Tudo tão repetitivo, cada filho com os gestos característicos, as perguntas, as pequenas discussões entre eles.

No início do casamento caprichei tanto na variedade da comida para agradar meu marido, e por fim acabei cozinhando sempre as mesmas coisas, porque ele não se importava. Também não fazia diferença as minhas roupas desbotadas, o meu cabelo sem corte, os meus pés cascudos, os ombros caídos, as estrias. As minhas rugas.

## Filho

A janela, as nuvens, os pássaros, São Petersburgo, Paris e Praga. Um estado de espírito. Aí estão elementos mais que suficientes para um enredo. Como entrelaçar objetos, movimento, seres vivos, arquitetura e sensações, de modo que a construção sintática, a musicalidade não incomodem os ouvidos? Não bastam as palavras que descortinam uma paisagem, que demonstram uma ação. É preciso mais: sentir o cheiro da chuva, o desespero do pássaro na tempestade, a dor pungente da violação da carne. "A arte é uma vida mais intensa". Não para reproduzir uma realidade, mas para superá-la. Saber disso, infelizmente, não me torna mais apto porque chego até a janela, senhor de tudo o que vejo através dela, e só consigo ver as coisas como elas são, dispostas naquele intervalo de tempo, sem qualquer poesia, mesquinhas. O que há de excepcional em algumas pessoas que ao abrir os olhos, os ouvidos, as narinas, tudo a sua volta se organiza em uma linguagem intensa, melíflua, enternecedora?

Ficar choramingando não vai lhe servir de nada, disse o meu pai, quando eu lamentava uma discussão na escola. O tom imperativo da voz calou minhas queixas. Ele queria que eu fosse homem, nos moldes da sua própria macheza. Eu me orgulhei do seu conselho, da sua veemência, minha cabeça na altura da cintura dele, olhando para cima. Arrependimento também era uma palavra que eu desconhecia e só senti quando me dei conta de quem ele era.

Quero ser artista, disse ao meu pai. Me olhou sério. Que tipo de artista? Qualquer um, mas eu pensava em ser cantor ou ator, por causa de uma peça que havia visto na escola. Ele perguntou se eu pretendia me casar, ter filhos, uma casa. Nunca tinha pensado que houvesse outra opção. Então ele me explicou sobre economia, sobre ter dinheiro e uma profissão decente. No meu caso, ele dizia que eu nem deveria me preocupar muito com isso, bastava aprender bem as coisas, as contas, porque o meu futuro já estava certo, eu iria administrar a loja dele. Nada daquilo fazia sentido, não apagava a minha vontade de subir ao palco e ser aplaudido.

# Pai

Dois cômodos. Mobiliados. Uns móveis velhos, gastos, com marcas de gente que passou antes de mim. A cama rangia muito porque o meu sono nunca mais foi tranquilo e me mexia a noite toda. Não couberam todas as minhas coisas nas gavetas da cômoda. A dona da casa justificou que um guarda-roupa ocuparia muito espaço. O resto das roupas eu deixava amontoado em uma cadeira estofada. Às vezes a pilha desmoronava e passava dois ou três dias antes que eu recolhesse as roupas do chão. Na cozinha, o fogão tinha gordura acumulada nos cantos, nas grades do forno. Na primeira vez que troquei o gás minha mão grudou na mangueira. A pia de mármore branco tinha manchas de bolor.

O desgosto de tudo aquilo só era suportável porque tinha certeza de que seria provisório. Um, no máximo, dois meses. Fiquei mais de dois anos. E agora sinto falta. Minha parte na loja eu vendi para o meu sócio e metade do dinheiro depositei para minha mulher. O que me restou coloquei na poupança, juntando com o dinheiro do carro que acabei vendendo. Era uma garantia até que encontrasse um emprego, qualquer serviço que me fizesse mudar dali.

Nos três primeiros meses nenhuma loja precisou de um gerente, nenhum escritório contábil precisava de alguém experiente como eu. Só procuram estagiários. Ouvia que o quadro de funcionários estava completo. Quando me deixavam fazer uma entrevista, que aguardasse um telefonema.

Mesmo com o dinheiro na poupança, eu procurava economizar. Preferia comer em casa, qualquer coisa fácil de preparar, uma economia ajudada pela falta de fome. Havia dias em que passava com um copo de leite com café e pão. À noite, desanimado, lembrava da comida da minha mulher e do conforto da nossa casa. Quando o calor do quartinho estava insuportável, lembrava da cachoeira. Permanecia horas estirado na cama, remoendo as lembranças. Com o teto sem forro eu, às vezes, me distraía vendo a sujeira cair.

Em uma madrugada vi um rato andar sobre os caibros. Enchia de insetos em volta da lâmpada e no verão as baratas voavam lá de cima. A limpeza, malfeita, ficava por conta da locadora. Com o tempo ela passou a reclamar da imundície, das roupas jogadas, das embalagens no chão. De três vezes por semana, pedi que viesse apenas uma. Depois a cada quinze dias. Com oito meses procurando um emprego, que eu considerava dentro dos meus padrões, desanimei por completo. Então passava os dias dentro de casa, dormindo, lendo os jornais, ouvindo o rádio. À noite, comecei a sair e rodar de bar em bar. Emagreci e a barba cresceu com uns fios grisalhos.

De vez em quando, quando conseguia acordar antes do meio-dia, eu saía no quintal para tomar um pouco de sol, e a dona, da janela, me reprovava com o olhar, desejando um bom dia mal-humorado. O aluguel eu pagava em dia, até antes do prazo, para que não achassem um motivo justo para me expulsar.

Por fim resolvi achar qualquer emprego. Um que me ocupasse o dia todo e fizesse dormir fácil de tão cansado. Ajudei em uma mecânica, numa obra, na faxina de um prédio. Serviram. E, de certa forma, estava me acostumando com aquilo, mesmo ganhando muito pouco, quando soube pelo jornal que o governo tinha roubado minha poupança.

## Filha

Talvez tivéssemos nos casado. Eu vinha pensando nisso, aguçando a curiosidade da minha mãe e do meu irmão. Muitas vezes eu suspendia o serviço da casa e ficava olhando o quintal. Obviamente sem ver nada em especial, avaliando todas as possíveis mudanças na minha vida. Racionalizava a dificuldade que seria me tornar madrasta dos dois filhos dele, um menino de oito anos e a menina apenas dez anos mais nova que eu. Era um desperdício pensar nisso. Na certa as crianças ficariam com a mãe, mas eu continuava com aquelas ideias, calculando a minha maneira de agir. Talvez precisasse ser mais dócil para agradá-las, para agradar também ao pai, em todas as funções, e não só na de amante.

Em outras ocasiões eu imaginava uma vida tranquila, só nós dois na casa ou passeando na praia. Nunca fomos juntos à praia. Todas as promessas que ele fazia de um dia viajarmos para o Nordeste terminavam na óbvia impossibilidade de ele ter alguma folga no trabalho ou em casa. Suas férias já estavam programadas com a família e, quando ele se empolgava, contando detalhes da programação, eu amuava. Seu entusiasmo com as crianças me entristecia momentaneamente. Transparecia um amor profundo de pai, uma relação entre eles diferente daquela que eu tinha em casa. E também não fazia muito sentido, diante de toda a história que havia me contado antes, sobre o relacionamento com a esposa.

Quando contava coisas da mulher, nesses momentos de descontração, eu percebia a contradição com as promessas de separação. Todo aquele sofrimento, aquele tédio de um casamento infeliz, uma relação desgastada pelas brigas e diferenças de personalidade, se dissipavam com as demonstrações de carinho. Milhares de mulheres convivem, ao longo da história, com essa desilusão: a fé da amante em se tornar a titular. Eu já tinha ouvido minha mãe e minhas tias proclamando o sofrimento dessas mulheres. Cada uma tinha um exemplo com fins trágicos, de loucura e suicídio, de escândalos e assassinatos. Mas por que o contrário não poderia acontecer justamente comigo? Será mesmo que nenhuma dessas histórias de amor adúltero deu certo? Mesmo assim tudo me parecia tão distante como uma história lida nas revistas. A minha tragédia quem amenizava era o meu amante. Enquanto ele desmanchava meus cabelos, me beijava sereno, me dedicava tantos carinhos. Às vezes, eu começava a esquecer do meu pai, em outras, era como se ele, o meu próprio pai estivesse ali comigo.

## Mãe

Sentei no sofá, que parecia mais duro que o normal, e em menos de cinco minutos levantei para tomar água, a garganta estava seca, uma falta de ar, uma vontade engasgada de chorar, e passei direto até o meu quarto, e fiquei olhando para os móveis, para as paredes, reparando se tinha alguma sujeira nos cantos e depois não sei por quanto tempo deixei escorrendo a água da pia do banheiro, molhava a mão e passava no pescoço, no cabelo, olhava no espelho as olheiras gigantes, a noite toda sem dormir, um gosto amargo na boca, se eu fizesse um café, se eu fervesse a água para jogar na cara dele, fui até a cozinha e também lá deixei a torneira aberta, enquanto pensava naquelas mãos peludas alisando o corpo da nossa filha, a língua, a ponta da língua, que ela me disse chorando, que ele passava no pescoço dela, Meu Deus, só de imaginar, eu continuava andando pela casa e nenhum cômodo tinha algo que ajudasse na espera, uma almofada, uma almofada tricotada que comecei a desmanchar os fios, como eu começaria aquela conversa, como? os fios estavam cada vez mais duros e na insistência machuquei um dos dedos e saiu uma gota grossa de sangue. Imaginava as reações dele, as justificativas, e por quanto tempo eu ouviria sem xingar, bater, tentar arrancar seus olhos com as unhas, os olhos gulosos que minha filha disse dar medo, sempre pedindo de mansinho para que ela tirasse mais uma peça de roupa, e ajudando com a ponta dos dedos a pinçar a alça do pijama para que mostrasse os seios, puxando a perna do pijama para alisar as coxas, por quanto tempo aquilo vinha acontecendo? A aproximação sorrateira, os carinhos que pareciam inocentes, os beijos paternais, desde quando ele aproveitava da fragilidade da criança, do amor da menina? Canalha, porco, eu tinha calafrios, a garganta ainda mais seca, arrepios, um cheiro de coisa podre que não podia ser do lixo da cozinha, cravei as unhas no meu próprio braço, mas não doía, ia até a janela, o maldito não chegava, o maldito pedindo que segurasse o pênis dele, Meu Deus, é insuportável imaginar a cena, pensei em ligar para a loja e saber se já estava a caminho, mas tive medo de que desconfiasse do meu estado e fugisse, não, não podia escapar de ouvir tudo o que eu tinha preparado, queria que entrasse em casa e sequer tivesse tempo de sentar, e se ele me enfrentasse, quisesse me segurar, me bater... Voltei à cozinha e abri a gaveta das facas, não conseguia me decidir por nenhuma, mas acabei pegando uma grande e só então percebi sua ponta rombuda, uma outra, pontuda, parecia bem frágil, no relógio da parede passava das sete, sete e quinze, mais meia hora e eu continuava olhando fixamente os ponteiros, ele já deveria ter chegado, maldito, provavelmente tinha ido ao bar ou atrás de alguma mulher, como era costume, talvez não viesse, devia estar desconfiado, que se embriagasse e se emporcalhasse ainda mais, me importava cada vez menos, não, queria que chegasse logo, torcia muito para que chegasse sóbrio, chegou, bem no momento em que eu estava no banheiro, fazendo xixi mais uma vez, de nervoso, e ele me encontrou desprevenida, perguntou pelos filhos, sobre o jantar, cínico, e eu muda, com um bolo na garganta e comecei a chorar porque achei que não ia conseguir, ele ia dizer que parasse com aquela frescura, mas vendo que eu arfava, resolveu me abraçar, minha sorte, não podia deixar que tocasse em mim, nunca mais, eu vomitaria, aquelas mãos que, que, que, para repeli-lo empurrei com força, e ele mal se moveu, dei um tapa com mais força ainda, que acertou seu nariz e o queixo, aí ele sentiu, recuou, não teve tempo de compor uma cara de espanto, nem de inocente, o nariz vermelho por causa do tapa, disse que não precisava daquilo, pediu perdão, filho da puta, eu gritei, desgraçado, verme, peguei um cinzeiro e arremessei na sua barriga, peguei um bibelô que eu gostava tanto e quebrei batendo nele e ele se encolhia, se afastava de mim, perguntou da minha filha e gritei que a esquecesse, que ela tinha mais raiva que eu, fez uma cara de choro o maldito. Apontei sua mala, some, eu gritei, some, não quero ver mais sua cara, canalha, demônio.

## Filho

Tinha desistido de um trabalho para revisão de um texto sobre robôs e células produtivas que eu vinha tentando começar nos últimos dias. E procurava uma forma de vencer o orgulho e a vergonha para voltar à editora. Precisar tanto de dinheiro me colocava diante do dilema: a dignidade ou a sobrevivência. Na discussão com o editor-chefe fui aumentando o tom de voz para tentar convencê-lo de que não teria condições de revisar o texto. Ele tinha toda a razão: não era tarefa tão complicada, bastava me apegar à ortografia, mas eu teimava na convicção de que a minha completa ignorância no assunto acarretaria num trabalho porco. Ele disse que nem o texto, tampouco a revisão, concorriam ao Nobel. Cada argumento dele, e a evidente despreocupação com a qualidade do trabalho, foram aumentavam o meu nervosismo. Se não se importa com um texto de qualidade, o meu serviço é desnecessário mesmo, eu disse. Por essa frase, ele me mandou embora, prometendo que nunca mais me chamaria para trabalhar. Tomara ele estivesse errado, que logo se arrependesse. Estanquei no segundo andar e sentei na escada para me recriminar.

Saí desanimado do prédio e ignorei o cumprimento do porteiro. Não pretendia voltar logo para casa e andei a esmo pelas ruas, reparando nas construções e nas pessoas. Não recordo de nenhum livro em que o andar perdido pelas ruas de um personagem não fosse uma tática do autor para confrontá-lo com o inusitado. Para o bem ou, quase sempre, para o mal desse pobre aríete. Pode-se deparar com a morte. Se for para morrer por sua própria convicção e coragem, a morte é um bálsamo. Para mim, o confronto trágico foi reencontrar meu pai. Estava deitado sobre um banco da praça, com um cachorro embaixo. Os dois bem magros, ambos talvez sarnentos. Por sorte, dormiam. Rodeei o banco para ter certeza. Nunca desconfiei de que a feiura de alguém pudesse piorar tanto. Os olhos fundos, a cara macilenta, as costelas marcando a camiseta suja e rasgada. Tinha um livro sobre o corpo. Não consegui ler o título nem o autor e por isso quase lhe dei um cutucão. O que eu diria: o senhor podia ler coisa melhor. Ou elogiaria sua escolha? Daria um tapinha nas suas costas e como um mestre diante do pupilo, com a voz reforçando o ar senhorial, reforçaria a importância da leitura? Nunca vi meu pai lendo um livro, só os jornais e algumas revistas. Certamente era algum objeto de troca — valeria uma dose de cachaça — de onde viera aquele livro? Encontrou no lixo? Com isso, eu podia me concentrar na decisão do que fazer com aquele reencontro. O que mais atrapalhou nesse momento drástico foi o caleidoscópio de sentimentos: insegurança, raiva, curiosidade, satisfação. Eu devia cutucá-lo, chamar seu nome ao invés de pai, empurrá-lo do banco? Será que, naquele estado lastimável, ele ainda tinha forças para me confrontar fisicamente? O que restaria de mim se ele ainda impusesse sua autoridade de pai? Só de pensar nisso alguma coisa fervilhava no meu estômago, a garganta seca, uma veia latejando na têmpora. Eu precisava que entornasse em mim o caldo da vingança. Queria ouvir da boca dele qualquer justificativa insana para deslizar as mãos sujas pelo corpo da minha irmã, a boca asquerosa em beijos apaixonados, a excitação animalesca diante da própria prole. Mas o que poderia me contar aquele trapo, aquele resto humano cujo cheiro, que eu sentia a alguns passos, podia ser de sujeira ou do apodrecimento prematuro do corpo.

Fui embora de mansinho e não comentei nada em casa. Duas semanas depois saí com o propósito de me rebaixar na editora, mas a minha principal intenção era mesmo encontrar o meu pai novamente. Vasculhei durante a tarde toda as ruas do centro, analisando com calma cada mendigo. Numa espécie de tortura psicológica eu imaginava meu pai contando, cara a cara comigo, cada coisa monstruosa que fez com minha irmã. Enquanto eu tocava o sino pertinho do ouvido ele se lambuzava inteiro com uma criança. Era o mesmo homem que me segurava as mãos na praia, na trilha da cachoeira, que beijava minha mãe e reiterava seu amor, que sacudia sua filha no alto ou carregava nos ombros, prometendo sorvetes? Cada carícia que minha irmã suportava era por medo ou confiança no pai? Como ele se sentia depois de ter gozado e sujado a própria filha? Quanta desfaçatez devia disfarçar no dia seguinte para devolver minha irmã à condição de filha, com palavras e carinhos paternais? Brigaríamos? Eu bateria nele? Quem agora era o mais fraco?

Na terceira vez que fui procurá-lo, meio andrajoso como se eu fosse o mendigo, perguntei por ele. Conheciam, mas não sabiam onde estava. Fiquei tão abatido de ter perdido a oportunidade no primeiro encontro, que cheguei muito triste em casa e não consegui esconder da minha irmã. Pareceu incrédula. Disse-lhe que da próxima vez procuraria na Prefeitura, perguntaria com insistência no comércio. Deu de ombros. Ela não desejava que eu a vingasse?

# Pai

Ver os bichos vagando no teto servia de distração nas longas reflexões que eu tinha, recordando minha família. Da minha casa, da minha loja. Era tanta saudade. A construção da casa ficou tão linda com aquelas janelas para o quintal sempre verde. Logo cedo abria a da cozinha e ficava sentindo o cheiro do mato, escutando o alvoroço dos pássaros. Se chovia muito forte ficava preocupado com eles. Antes de sair para o trabalho pendurava mamão ou banana em um galho na frente da janela. Lembrava dos meus filhos, cada um a seu tempo, no meu colo. A menina era mais esperta, curiosa, perguntando tudo. O menino prestava atenção no que eu falava, sem perguntar quase nada, com os olhos arregalados, parecendo uma coruja. Uma vez vimos uma cobra no gramado do quintal. Verde. Difícil de ver. E ele apontou com o dedinho. Devia ter uns quatro anos. Gritei que se afastasse e procurei um pau para matá-la. Não tinha nenhum por perto e fiquei preocupado de me afastar e ele se aproximar do bicho. Então o segurei no colo e esperamos a cobra ir embora, e ficamos ali, conversando, eu explicando para ele sobre o veneno das cobras e suas consequências. Ele vidrado de interesse, e com medo.

Uma das coisas que mais me arrependo é de ter tentado trepar com a empregada. Meio desajeitada, com aqueles peitões que saltaram na minha cara quando desabotoei seu uniforme e puxei o sutiã. As auréolas escuras e os bicos grandes parecidos com os da minha mulher quando estava grávida. Da Janaína, não me arrependo nem um pouco. Se não tivesse morrido, quem sabe não poderia estar comigo agora. Qualquer uma delas devolvia o meu ânimo e, como numa gangorra, o arrependimento e o prazer se intercalavam.

Senti falta de ter alguém para falar dessas coisas: a curiosidade de saber se eu era mesmo diferente dos outros, se era normal as pessoas terem os pensamentos e os sentimentos em desordem. A única organização que eu tinha conseguido naqueles meses foi, pouco a pouco, deixar de beber, justamente quando era mais fácil me afundar na embriaguez. Mas a falta de companhia, a falta de dinheiro e a falta de vontade me impediam de sair e ir até o bar.

Por sorte havia as mariposas em volta da lâmpada, e a teimosia suicida delas me distraía. Havia outros insetos, minúsculos, que caíam sobre o lençol e eu praguejava empurrando-os para o chão. Quando os esmagava, um líquido manchava o tecido. Um rato apareceu por uns tempos. As lagartixas não se incomodavam comigo e se banqueteavam do lado de fora da janela, as barrigas transparentes grudadas no vidro. Quanta diferença das distrações que eu tinha em casa. O cheiro bom da comida, a música nos domingos à tarde, o sol despontando entre as árvores, o gosto do café forte, as crianças correndo no gramado. E nenhuma delas pareceu importante enquanto acontecia, isso é o que me ponho a pensar agora.

## Filha

A mulher dele tinha uns peitos enormes que se sacudiam acompanhando os braços agitados, enquanto me xingava. Quando chegou no meu trabalho e perguntou quem eu era entre as funcionárias, não parecia tão nervosa. Mas assim que saí, me chamou de biscate e os braços começaram um movimento desengonçado, talvez esperando a chance de me estapear, de me agarrar pelos cabelos, e eu só conseguia prestar atenção naqueles peitos.

O constrangimento me paralisou. O pessoal do trabalho e o meu chefe se aproximaram para saber daquela confusão. Também tinha quatro clientes. A mulher não se controlava, respirava ofegante, por causa da saraivada de palavrões e porque a gordura devia atrapalhar o fôlego. Usava um vestido justo que salientava a cintura larga e, meio curto, revelava as pernas grossas, rechonchudas.

Naquele momento, eu tentava desvendar era por que o Flávio nunca tinha deixado escapar nada sobre a gordura da esposa. Comecei por ter pena dela. Também reparei no cabelo malcuidado, no relaxo das sobrancelhas, nas rugas. Nos momentos mais lúcidos sabia que as promessas dele de ficar comigo eram falsas. Sempre, no fim das divagações, alertava para o sofrimento que causaria o divórcio. Choramingava contando a história que ele e aquela balofa tinham construído juntos. Na mesma hora entendi que aquela mulher escandalosa, aqueles peitos ambulantes, não representavam nenhum risco. O problema era ele: um frouxo. Lembrar da sua cara de arrependido, de culpa por causa das nossas tardes na cama, aumentaram minha raiva. Tudo não passava de medo. Terror de abandonar a família, misturado ao receio dos comentários sobre sua falta de honra, receio de se casar com uma menina como eu. Ele era um medroso e nunca deixaria aquela balofa para ficar comigo, mesmo sabendo que era a mim que ele desejava de verdade. Às vezes eu percebia isso nos olhos dele, nas expressões, em suas palavras. Mas em seguida eu me convencia de que era algo normal, comum em todos os homens que viviam aquele dilema. Aquela mulher não devia aliviar o cabresto que apertava o pescoço dele. Uma megera. Imaginei os dois passeando: ela na frente e ele vigiando os filhos, por causa dos perigos. À noite a dificuldade de transarem com aquelas crianças ali na cama. Se ele achava que aquilo representava uma vida feliz que se esbaldasse.

Perdi o emprego e não me importei tanto. O meu chefe veio cheio de rodeios, por isso me antecipei e disse que entendia, que aceitava, apesar de ele ser um escroto que vivia assediando as funcionárias. E nas festas de fim de ano com aquela cara de santo diante da esposa. Queria sumir dali e trabalhar em algum lugar onde o Flávio não me encontrasse e aquela maluca, não descobrisse. Eu queria um lugar para remediar a tristeza que foi dizer à ela que nunca mais queria vê-lo e que ela ficasse com aquele velho idiota, bunda-mole medroso, cafajeste, traidor. Por fim, ainda disse a ela que além de mim, ele ainda tinha outras mulheres. O que não era verdade, mas eles que se resolvessem para lá.

## Mãe

Eu gostaria de ter feito tantas coisas com ele. Se no começo eu imaginava cortar seu pênis e jogar para um cachorro na rua, depois eu pensei que seria melhor espetá-lo com grandes agulhas que atravessassem, que entrassem pela uretra e saíssem perto dos testículos. Que esses poderiam ser esmagados por uma torquês ou queimados com um maçarico. Também cogitei cortar sua língua e enfiar qualquer coisa no seu ânus. Era natural querer castigar todas as partes do corpo dele utilizadas no abuso. Lembrei que suas orelhas tinham ouvido os pedidos da própria filha e deviam receber uma navalhada; os olhos se deleitaram com a visão do corpo dela e deveriam ser vazados com óleo fervente. Seus dedos teriam cada unha levantada por uma farpa de bambu.

Era o sofrimento físico, o mais extremo que eu conseguia imaginar, o meu maior desejo. Não acreditava que qualquer tortura psicológica tivesse efeito em um pai que roubou a virgindade da própria filha. Que arrependimento apagaria sua boca nojenta tentando beijá-la, suas mãos sujas acariciando seu corpo, procurando as partes íntimas. Eu era capaz de matá-lo. E o que foi feito de toda essa raiva? É o que agora não me deixa morrer sem arrependimentos. A doença, essa que já me corroía, dia após dia, minando minhas forças, o que impedia que eu pudesse revidar. Torcia tanto para que ele estivesse em uma situação ainda pior, e de madrugada não conseguia dormir pensando naquelas barbaridades.

Soube, por acaso, que ele estava vivendo em um quartinho, em um estado lamentável. Mas a sujeira, a pobreza, o seu corpo definhando ainda eram pouco. Queria tanto que aquele sofrimento se prolongasse por anos, que um dia não conseguisse se levantar de um colchão infestado de bichos, os mesmos que comeriam sua carne, ainda vivo. Meu tormento era apenas esse: será que eu morreria antes dele? E com a minha morte meus filhos fraquejariam? Ela, principalmente. Minha filha perdoaria aquela monstruosidade? Enquanto eu estivesse ao seu lado não a deixaria esquecer sequer um dia. O meu trabalho era fomentar o ódio contra ele. Cada referência ao seu nome, à sua memória, devia ser alimentada pela ira.

# Filho

À noite passaria um filme bom na televisão. Queria que minha irmã assistisse comigo, por isso fui até o quarto, mas ela estava dormindo. Faltavam duas horas para o filme: hesitei entre acordá-la ou ver sozinho. Ela trabalhou o dia todo e quando chegou em casa eu tinha acabado de acordar. Nem jantou.

Resolvi que era melhor não chamá-la. Antes de sair do quarto reparei na organização. Nenhuma peça de roupa jogada, os móveis sem poeira, a decoração sem nenhum enfeite. O quarto de uma velha. Suas bonecas e bichos de pelúcia ficavam escondidos no guarda-roupa, em dois compartimentos no alto. A penteadeira com um espelho redondo, a cama de ferro, uma prateleira com várias revistas e só quatro livros. A máquina de costura.

Ao se movimentar, o resto do lençol escorregou e sua camisola, na altura da cintura, deixou à mostra a calcinha bege, larga. É realmente uma mulher bonita essa minha irmã, que esbanja sensualidade mesmo dormindo, com uma roupa velha e larga. Volto a olhar o quarto, todos os cantos, como se alguém me espiasse. Uma faísca de culpa. Penso no nosso pai. E se ela acordasse comigo ali em pé, o lençol quase caindo da cama, a calcinha aparecendo? O que ela poderia pensar? O que eu posso pensar diante disso, estaria eu com a mesma doença do meu pai? Com os mesmos desejos nefastos?

Eu havia perguntado se o nosso pai a espiava com frequência e ela ficou pensando na minha pergunta. Eu queria saber se, naquela época, antes de abusar dela, ele a espreitava pela casa. Detesto imaginá-lo pelos cantos, escondido atrás dos móveis, abrindo frestas nas portas. A cara disforme de desejo, os beiços moles, molhados, o olhar soltando chispas. Ela disse que nunca tinha visto. Uma resposta que poderia significar uma série de coisas: a primeira delas é que realmente não tinha visto, o que não eliminava a possibilidade de ter acontecido uma ou várias vezes. Também poderia ter ocorrido sem que ela se desse conta das intenções dele. Como deve ser fácil para um maníaco se esconder sob a máscara da paternidade. Eu acreditava que ela via, mas mentia para mim ou simplesmente queria esquecer a todo custo. "A memória está sempre pronta a esquecer o que foi ruim e a lembrar apenas o que foi bom". Por que a minha sofre essa mutação reversa? Cada lembrança desagradável é tão vívida e desencadeia tantas ainda piores, subjugando as pequenas e raras alegrias. Como confrontar o pai que me jogava para o alto e, em seguida, me segurava com todo o cuidado, que pacientemente me tirava as dúvidas mais esdrúxulas, que me explicava sobre tudo na vida, que também acariciava meus cabelos enquanto contava histórias fabulosas.

Comigo ele nunca demonstrou qualquer atitude suspeita ou anormal. Às vezes é até difícil imaginar que ele fez realmente tudo isso.

Olho novamente para minha irmã dormindo. Seu sono é tranquilo, o rosto como se pudesse refletir um sonho bom, linear, fácil de contar no dia seguinte. A respiração é suave, soerguendo lentamente a camisola. Olho de novo às minhas costas. Se o espírito da nossa mãe vigiasse a casa, estaria na porta, o semblante mudando do espanto à preocupação. O do nosso pai, se estivesse morto, me apontaria um dedo acusatório. Mas, ainda que tais fantasmas existissem, o que poderiam fazer? Nada. Agora ela só tem a mim para protegê-la.

Minha irmã procura o lençol e levo um susto. É uma questão de segundos para acordar e me encontrar estatelado ao lado da cama. Falo baixinho o seu nome, o suficiente para que ela abra bem os olhos. Agora é ela que se assusta. Quer ver um filme? Que horas são?, ela pergunta. Quase nove. Se quiser ainda pode dormir um pouco. Não está com sono? Pergunta. Dormi a tarde toda, digo, lamentando. Ela se dá conta da falta do lençol sob o corpo e o procura. Acho que não consigo ver um filme agora, desculpe. É tão bom assim? Tem a voz um pouco mole, espaçando as palavras. Sim, eu digo, mas posso lhe contar amanhã, com detalhes. Está bem, responde, e se vira, com o lençol bem preso sob o corpo.

# Pai

O marido da proprietária do meu cubículo bateu forte na porta e demorei para abrir, porque não me decidia sobre qual roupa colocar. Espantou-se com a bagunça e em seguida disse que vinha cobrar o aluguel. Dois meses atrasados. Eu disse que em breve o governo devolveria o meu dinheiro. Só pedia um pouco de paciência. Nervoso, disse que só esperaria mais quinze dias.

Voltei a procurar emprego e cinco ou seis vezes tentei ligar em casa. O certo é que não saberia o que dizer para minha mulher, para implorar que me perdoasse, ou que ao menos me emprestasse algum dinheiro. Ninguém atendeu. Por duas vezes rodeei nossa casa sem coragem de tocar a campainha, na esperança de que chegasse ou saísse alguém. Na última vez saiu minha filha e quase não tive tempo de me esconder. Então desisti.

Os bicos que eu arranjava só pagavam a minha comida e não consegui convencer o dono da casa a esperar um pouco mais. O acordo foi que me perdoaria a dívida de dois meses mais a multa, se eu saísse naquele mesmo dia. Precisava da casa para outro inquilino. Enfiei minhas roupas na mala e saí em meia hora. Por um tempo fiquei em uma pensão que me cobrava a diária. Quando não achei mais bicos para fazer, eu tentei dormir no abrigo da Prefeitura. Depois não consegui uma coisa nem outra.

Na pensão, o cheiro de suor e de chulé daqueles homens se juntava ao mofo e não adiantava deixar as duas pequenas janelas abertas durante o dia quando um de nós estava de folga. Éramos em seis. Dois da Bahia, um de Minas, um de Pernambuco e o último, que nunca abria a boca, acho que era do Pará. O mineiro esqueceu de fechar uma janela um dia e roubaram o que acharam de valor. Umas roupas. Houve uma briga e o mineiro prometeu pagar todo mundo. Quando eles recebiam o salário voltavam cheirando a putas baratas. E aquele cheiro, que eu conhecia tão bem, me dava nojo.

A primeira vez que dormi no abrigo tive certeza que os meus companheiros de pensão eram limpos e decentes. Aquela gente não tomava banho a semana toda: os cabelos emplastados, banguelas, fedidos. E não diziam coisa com coisa. As mulheres pareciam uns esqueletos vivos. E mesmo eles nem prestavam atenção em mim.

Um dia, passando por um bar, reconheci meu antigo sócio. Não tinha um tostão. Fui e voltei na frente do bar umas quatro vezes. Ele tomava uma cerveja e me deu água na boca. Não custaria me pagar uma. Eu até ouviria sua novas conquistas. Mas não tive coragem de entrar.

Era verão e quando não chovia incomodava pouco dormir na rua. Quer dizer: essa impressão eu tive depois que chegou o inverno. Pensando bem, não foi nada tranquilo encontrar um local seguro para passar a noite, tantas vezes enxotado pelos moradores e pelos comerciantes. Por fim achei um lugar na calçada de uma loja de sapatos. Os primeiros funcionários me acordavam com o barulho da porta. Mesmo assim, temia que me chutassem ou jogassem água. Eu ouvia cada história. Quando me reunia com algum morador de rua, tinha sempre um caso escabroso. Drogas, abandono dos pais, roubo e até assassinato. Onde eu fui parar? Cada móvel, roupa, talher da minha casa eram um luxo que não tinha em conta. A cachoeira. Falava dessas coisas para alguns mendigos e a maioria ria da minha cara. Tinham certeza de que era mentira.

Começaram a me chamar de professor, porque eu gostava dos jornais e porque eu era um dos poucos ali que sabia falar direito. Assim que acordava ia até um posto de gasolina, onde fiz amizade com os frentistas, e me lavava numa torneira, escondido do dono. Se ele estivesse por perto, me avisavam. Ajeitava a minha roupa no banheiro ali do posto, e passava as manhãs andando pelo centro. Em alguns dias tive dinheiro para o café e, na padaria que eu frequentava, não desconfiavam de que eu morava na rua. Me cumprimentavam com educação, contavam piadas e perguntavam como eu estava. Quando acabou o dinheiro deixei de ir. Inclusive de me lavar no posto. Comecei a ficar encardido. Não queria que descobrissem. Às tardes eu lia e cochilava em algum canto reservado da praça. Contando assim parece uma vida até aceitável.

Mas a fome que eu sentia, a degradação constante, minaram dia-a-dia a minha dignidade até que eu mesmo passei a não me importar mais com ela.

## Filha

Marcela tinha uma filha de quatro anos, muito parecida com ela, do cabelo ao jeito de andar, de gesticular os braços. Em alguns dias seus pais não conseguiam tomar conta da menina e Marcela a levava com a condição de que ela não atrapalhasse o trabalho da mãe. Arrumaram um cantinho para ela na oficina e, às vezes, nos esquecíamos dela, tão silenciosa brincando com umas bonequinhas que sua mãe costurou. Quando precisava ir ao banheiro, chegava silenciosa ao pé da mãe e cochichava. O patrão, depois de um tempo, até brincava com a menina, irritando-a com apertões na bochecha, remexendo o cabelo dela.

Marcela tinha engravidado aos dezenove anos e devia ser mais ingênua do que eu com a mesma idade. Por medo desistiu de fazer o aborto. Enquanto disfarçava o crescimento da barriga, quase não dormia, ruminando uma maneira de se livrar daquele tormento. Eu nunca conseguiria esconder. O pai do bebê tinha passado uma semana na cidade, a trabalho, e não cumpriu a promessa de ligar, de manter algum contato. Marcela nem sabia onde ele morava. E não importava muito, afinal era só um baile e tinham acabado de se conhecer. Depois, no carro, ela o tranquilizou dizendo que tomava pílula, e nessa hora, foi ela quem mentiu. Tinha feito errado um cálculo do ciclo menstrual e aquilo a confortou durante alguns minutos.

Os pais dela eram rígidos, mas pouco atentos às mudanças no corpo, ao humor da filha. Cuidaram dos três filhos até que completassem dezoito anos e acharam que a educação imposta tinha sido suficiente.

Quando Marcela decidiu que teria a criança, sofreu uma semana, esperando coragem e escolhendo as palavras para o anúncio. Sabia que seria um baque no cotidiano da casa, naquilo que os pais trabalharam para parecer uma vida tranquila. Se ao menos o bebê tivesse um pai.

Os pais a amavam tanto, confiavam tanto nela, mas um filho sem pai antes do casamento era algo impensável. Se a situação envolvia sexo e gravidez no primeiro encontro, talvez um deles enfartasse. Era provável que fizessem um escândalo monstruoso, com chiliques, desmaios e socos na mesa, nos armários. Chamariam os irmãos, duas cópias do pai, e também eles ajudariam a massacrá-la. Vislumbrar tudo isso deixou Marcela desvairada, tremendo no escuro do quarto, de madrugada.

Em algumas noites, o choro convulsivo dava lugar a um chorinho miúdo, interminável, e ela só cochilava alguns minutos durante a noite toda. Por três vezes empilhou na cama as roupas necessárias para fugir. Longe dali daria um jeito de cuidar da criança. Depois desistia e devolvia as roupas às gavetas, ao guarda-roupa. Então se convencia do aborto.

Em uma sexta-feira estava sozinha em casa, a mãe chegou sem que percebesse, entrou de repente no quarto e viu as roupas dobradas sobre a cama. Marcela não conseguia responder o motivo daquilo. A mãe pressionou até que contasse e choraram juntas. Foi ela que se impôs a tarefa de revelar a gravidez ao marido. O escândalo e o tempo de recriminações foram menores do que esperava. Assim que a menina começou a comer sozinha ou com a ajuda dos avós, Marcela arrumou trabalho. Fazia um ano e meio que estava empregada e quando eu cheguei, no meu primeiro dia na oficina, foi tão simpática, tão sorridente comigo, que ficamos amigas desde então.

## Filho

De aniversário eu tinha ganhado uma blusa artesanal de lã e corri para vesti-la porque fazia frio. Minha namorada, estática na minha frente, esperava aprovação, algum elogio, agradecimentos. Perguntei como tinha assentado no corpo e ela disse: lindo. Era sempre isso, mesmo que eu estivesse maltrapilho. Aproximou-se de mim e, com uma tesourinha que tirou da bolsa, cortou a ponta de um fio. Depois alisou e elogiou a maciez, a qualidade da lã. Gosta desse tom de azul?, perguntou. É o meu predileto, menti.

Em casa eu diria que comprei a blusa em uma feira, porque se contasse da namorada, minha mãe se juntaria com minha irmã para vasculhar meus sentimentos. Sobretudo se envolvessem a vontade de casar. Especulariam tudo sobre a moça, a convidariam para um interrogatório disfarçado de piadas e perguntas capciosas.

Ela aceitava que o nosso namoro fosse secreto. Pelo menos para minha família. Mas me irritava seu romantismo ultrapassado, seu zelo exagerado e seus sonhos para o futuro, comigo. Depois que transávamos, encostava a cabeça no meu peito e não parava de pintar um quadro detalhado de como poderia ser nossa vida conjugal. A casinha com varanda, três filhos e um cachorro. Ela cuidaria da casa e das crianças para que eu escrevesse. Era até divertido ouvir sua voz suave declamando sua felicidade. Triste era saber que esses sonhos condenavam o nosso namoro. Quanto mais apaixonada, mais o meu desejo de romper aumentava.

Se ela se apegava ao futuro, o meu tormento era o passado. Suas reclamações contra o meu mutismo quase sempre terminavam com a mesma frase: você não está contente com o nosso futuro? Eu disfarçava o incômodo, escondia a tristeza e questionava algum detalhe, como se em vez de um, pudéssemos ter dois cachorros ou um gato, se poderíamos ter uma fileira de redes multicoloridas, se um dos filhos podia ser adotado. Ela estudava por alguns segundos as minhas intervenções, esperando para ver se eu falava realmente sério e então concordava, coçando minha barriga, me beijando o pescoço. Como ela conseguia ser tão feliz? Por que se contentava com um futuro tão medíocre? Eu engordaria e ela engordaria ainda mais por causa do tédio e da desilusão descontados na comida. Nossos filhos cresceriam com vergonha dos pais. O cachorro morreria atropelado porque alguém esqueceria o portão aberto.

Nessa época minha irmã chegou em casa com uma amiga, a Marcela, e todos gostamos dela e da sua filhinha. Ela adorava me ouvir, muito curiosa com os livros que eu lia. Sempre que estava esperando pela minha irmã, ela gostava de ficar em minha companhia. E eu também me afeiçoei por ela.

Num domingo qualquer, fomos a cachoeira, eu, ela, sua filha e minha irmã. Enquanto minha irmã brincava com a menina, nós dois conversávamos, ríamos juntos, e cheguei até a abraça-la, depois de descobrirmos diversas afinidades.

Por três vezes nos encontramos sozinhos para testar aquela sintonia quase instantânea, para apaziguar um desejo mútuo que a troca de olhares na cachoeira denuncia-

DESAVISO  131

va. Na terceira vez, quando saíamos de um motel fuleiro, no centro, minha namorada nos viu de mãos dadas. Nos cruzamos na calçada e ela abaixou a cabeça de um jeito que quase esbarrou na Marcela. Olhei para trás depois de alguns passos e ela estava parada nos vendo ir embora.

No dia seguinte fui até a casa dela e não estava. Foi o que disse a mãe. Naquela tarde voltei e o pai disse que estava no quarto. Fez questão que eu entrasse. A mãe tinha ido ao mercado. Com muito custo ela abriu a porta. Estava disposta a me perdoar, mas eu não tinha ido com aquele propósito. Falei um pouco da Marcela para justificar a minha decisão. Em seis meses de namoro, foi a primeira vez em que ela ficou tanto tempo me ouvindo sem dizer nada. Quando se deu conta de que eu me despedia, pediu desculpas três vezes, e disse que devia ter sonhado algo melhor para a gente.

## Filha

Marina é o nome da filha da Marcela. Eu perguntei se era sua felicidade e ela ficou sorrindo. Não havia dúvidas porque o sorriso parecia que nunca acabaria. Convidei as duas para irem em casa, contei do riacho, da cachoeira. Ela prometeu que iriam quando esquentasse. O tempo andava fechado naqueles dias, ventando forte. Contou que ela mesma só foi duas vezes a uma cachoeira, quando criança. Tinha gostado muito. Da água bem fria. Achava que a filha ficaria com medo e perguntou detalhes: da força da correnteza, de bichos. Depois quis saber da minha casa e da minha família. Pensei se o meu irmão gostaria dela. Era miúda, os cabelos pretos. Gostava tanto de fazer perguntas que achei que se dariam bem, com meu irmão todo empolgado em se exibir, mostrar o quanto já tinha lido, respondendo suas perguntas. Se a Marcela não se importasse com aquele jeito esnobe nas primeiras conversas, ele abandonaria suas pretensões intelectuais e se mostraria meigo.

Eu e minha mãe incentivávamos para que saísse mais, escapasse daquele quarto por algumas horas, largasse os livros, e se divertisse. Ele perguntava se, para nós, não havia diversão na literatura. Concluía que nos livros o mundo era muito mais completo, mais intenso e muito melhor.

Um mês depois o tempo melhorou e, no domingo, bem cedo, elas vieram nos visitar. Caprichamos no café, com bolo e pão caseiro, frutas e iogurte, queijos e docinhos. A menina experimentou tudo, e minha mãe, encantada, não parava de oferecer coisas. A Marcela repreendia a filha, mas não era uma reprimenda séria. Ela mesma comeu bastante e brincou que daquela forma não sobraria nada para o meu irmão. Estava curiosa para conhecê-lo. Minha mãe pediu que eu fosse buscá-lo, porque só eu conseguia arrastá-lo da masmorra. Marcela achou engraçado, principalmente porque meu irmão em nada se parecia com um prisioneiro.

Ele não falou tanto. Brincou com a menina e se ofereceu para nos levar à cachoeira. Minha mãe não quis ir, resistiu dizendo que prepararia o almoço. No meio do caminho, meu irmão colocou a Marina nos ombros e lhe mostrou alguns pássaros. Na cachoeira arranjou um remanso para ela, em um canto raso. De rabo de olho, ela reparava na mãe dando gritinhos por causa da água gelada. Dias depois ele perguntou se a minha amiga tinha gostado da cachoeira.

## Pai

Encontrei um livro no lixo. O autor devia ser alemão. O nome eu nem sei pronunciar, a história não entendi direito e as linhas começaram a ondular na página. Arregalei os olhos e reli um parágrafo. As palavras não formavam uma frase com sentido, talvez porque eu estivesse com sono. Eu deitei ao pé do banco, como às vezes fazia, indiferente ao movimento da praça, e dormi abraçado ao livro.

Na noite anterior corria um boato para ficarmos atentos: tinham atacado um velhinho. Ninguém sabia o nome ou apelido dele, por isso eu achava que era mentira. Mesmo assim não dormi direito. Então um cachorro lambeu meu braço. Tentei enxotá-lo. O maldito era insistente: ficou me cheirando, me cutucando com o focinho. Quando me sentei, quis brincar.

Eu criticava sempre os conhecidos por causa da cachorrada que arrastavam pelas ruas. Muitas vezes passavam fome e frio para alimentar e cobrir seus cães. Em casa lutei muito para que meus filhos não tivessem nenhum bicho de estimação. Eu odiava a ideia dos animais enchendo de pelo o sofá, sujando o chão, as camas.

Era preto, magro, como o pelo curto, castigado em vários pontos pela sarna. Nossa miséria era igual. Dei para ele um pãozinho amanhecido que eu tinha guardado para a noite. Engoliu de um jeito que achei que não tivesse dentes para mastigar. Depois que comeu e percebeu que não havia mais nada, foi brincar com outros cães da praça. Mas quando eu juntei as coisas para voltar à minha rua, veio me acompanhando. Olha só, o professor arranjou um amigo, disseram dois ou três cínicos, no caminho. Ainda bati o pé para espantar o bicho, mas ele achava que eu queria brincar. Maldito. No caminho me deram uma sobra de lanche e dividi com o desgraçado. Eu sabia que se continuasse dando comida, não sairia do meu pé. E não saiu realmente. Tive que ajeitar uma caixa de papelão para que dormisse comigo. De madrugada, se alguém passava na calçada, ele rosnava. Se se aproximasse, ele avançava. Então, passei a dormir mais tranquilo. Curei sua sarna com creolina e os pelos cresceram mais pretos, em contraste com minha barba grisalha. Um pelo bem mais bonito que o meu cabelo embaraçado. Tinha uma fome absurda, por isso lhe dei o nome de Pantagruel. Era um nome difícil, e os meus amigos da rua se atrapalhavam, não entendiam, não sabiam falar, o que me divertia. Eu ainda insisti em manter o nome integral, mas aos poucos virou Gruel. Ele se acostumou com o nome, e eu também, com ele, e eu não fiz mais nenhum caso de dividir a pouca comida que tinha.

## Filho

Não me lembro de ter tocado o sino nenhuma vez. Ou talvez tenha badalado um pouco ao pé do ouvido, até perceber que não me deixava ouvir mais nada. E eu queria ouvi-los porque estranhava meu pai chamá-la tão tarde da noite. Intuía que ele lhe daria algum presente, alguma guloseima que eu não merecia por não ser o seu preferido. Por isso tentava descobrir o que conversavam.

Eu achava que estavam ali, no corredor. Escondidos, cochichando. Da cozinha não vinha nenhum barulho: porta de armário batendo, alguém fuçando na geladeira. Tremia com a ideia de surpreendê-los atrás da porta, minha irmã escondendo rápido o seu presente, e meu pai furioso com minha curiosidade. Não queria desapontar nenhum dos dois. Depois de algumas semanas eu e minha irmã esquecemos o sino e nossa mãe guardou no quarto dela.

Anos depois minha mãe fuçava numa gaveta de quinquilharias, quando nosso pai já não morava mais conosco e, justamente por querer se livrar dos objetos dele, encontrou o sino. Estávamos na sala e ela chegou animada, chacoalhando o sino para que minha irmã se recordasse do brinquedo. Ela disfarçou a surpresa e falou que não se lembrava. Impossível, já que ao me dar se mostrou tão séria, segurando o sino como se fosse uma relíquia. Eu sabia que mentia porque piscava muito e entortava um pouco a boca.

Naquele mesmo dia perguntei se nosso pai lhe dava presentes enquanto eu badalava o sininho. Me olhou desesperada. Depois pareceu mais calma e disse que não se lembrava. No dia seguinte questionei nossa mãe se, na infância, minha irmã era a predileta do nosso pai. E dessa vez ela se desesperou. Eu já tinha idade e malícia suficientes para perceber que me escondiam algo terrível e, mesmo assim, não poderia imaginar quanto.

Quando tinha oportunidade de encontrá-las separadas, voltava ao assunto. Perguntei se meu pai estava bêbado e tanto fazia quem ele tirava do quarto, perguntei se tinha sido adotado; se todos se escondiam no quarto dos meus pais para que eu perdesse sozinho o medo do escuro. Cada pergunta pior que a anterior, para que eu pudesse desvendar o mistério ou, pelo menos, enredar uma teia com as poucas revelações que deixavam escapar.

Nossa mãe implorou que eu não atormentasse mais com aquelas histórias. Talvez ela mesmo não soubesse de muitos detalhes. Numa madrugada, quando minha irmã quase dormia, cochichei no seu ouvido que sabia de tudo. E ela começou a chorar.

## Filha

Andei vigiando meu irmão, cercando-o pelos cantos da casa para descobrir qualquer coisa sobre a Marcela. Se perguntasse diretamente, eu sabia que ele ia desconversar. Não entendo muito bem por que se preserva tanto de falar de seus relacionamentos. Eu observava se andava disperso, negligente com suas leituras. Entrava no quarto para levar alguma comida ou perguntar algo superficial e ele estava sempre tranquilo, bem acomodado na sua cadeira, com a luminária clareando o livro.

Geralmente dormia sossegado como uma pessoa que não sofria nem um pouco por amor. Quando se está apaixonado há sempre uma saudade, a memória de uma carícia, ou algum problema que nos tira do centro e atrapalha nossa rotina. Com ele parecia que nada extraordinário estava ocorrendo.

Marcela e Marina continuaram frequentando nossa casa. Quando fazia calor, íamos todos à cachoeira, incluindo agora a minha mãe, que começou a cuidar da Marina como se fosse sua neta. Geralmente vinham a cada quinze dias e passavam o domingo inteiro com a gente. Às vezes chegavam no sábado e dormiam em casa. Numa noite o meu irmão leu para a Marina umas histórias bem engraçadas, enquanto preparávamos o jantar. E depois que a menina dormiu, leu para nós. As três mulheres encantadas com ele por diferentes motivos: a mãe orgulhosa do filho, a irmã com certa inveja, a visita apaixonada.

No trabalho, nos dias seguintes, elogiou a leitura, o jeito que ele interpretava os personagens mudando as feições. Nos passeios à cachoeira, nadamos todos juntos e, em alguns momentos, minha mãe e eu combinamos de deixá-los sozinhos. Nada aconteceu de significativo. Aqueles olhares para o corpo dela no primeiro dia se tornaram amenos, como se ele tivesse ganhado uma nova irmã.

Estávamos todos assim acostumados, felizes com nossos encontros quinzenais, quando o pai da Marcela perdeu o emprego. Durante algumas semanas ela me contou, aflita, das preocupações da família. O pai não era jovem para encontrar outro serviço com facilidade e a cada dia que voltava para casa, descontente, as reuniões da família variavam do desânimo às brigas. Nesse tempo ela resolveu passar quase todos os fins de semana em casa. Ajeitávamos os colchões na sala e a Marina dormia entre mim e a mãe.

De noite, se ainda estivéssemos acordadas, meu irmão saía do quarto dizendo estar cansado da vista, mas sempre propunha vermos algum filme na televisão. Nos ajeitávamos no sofá ou nos colchões e era divertido ver os cochilos da minha mãe, quando resolvia vir também, nos primeiros minutos do filme. Logo ela dormia de vez, abraçada com a Marina.

Quando eu achava o filme muito chato, levantava para passar um café e preparar um lanche. Nesse tempo começava outra sessão e mal dávamos conta do amanhecer. Isso foi no inverno, meu irmão colado na Marcela como se quisesse protegê-la do frio. Lembro que em setembro, o pai dela encontrou um emprego em outra cidade e estavam decidindo se ele alugaria uma pensão por lá ou se buscava uma casa, e todos se mudariam. O emprego da Marcela não ajudava muito nas despesas e consideravam que era um trabalho fácil de conseguir em qualquer lugar. Por isso decidiram, após a contabilidade de todos os gastos, que compensaria alugar a casa onde moravam e se mudarem.

Ela chegou bastante triste em casa. Chorou e nós choramos também, minha mãe mais que todos. A Marina devia entender pouco aquela situação. Era o último domingo antes da mudança. Dissemos que viesse nos visitar quando desse e que nos mandasse cartas. Com o endereço, poderíamos ir conhecer a cidade, matar as saudades.

Ela escreveu cinco vezes. Contava sobre a casa nova, o bairro cujos vizinhos eles estranharam bastante, a cidade morta. Falava muito da filha, principalmente porque perguntamos dela na resposta à primeira carta. Marina estava crescendo rápido, tão esperta e educada, e sentia nossa falta. Marcela tinha encontrado um emprego numa loja de sapatos.

Em outra carta, só para mim, enviada para o trabalho, perguntava do meu irmão e revelava, enfim, que os dois se encontravam escondido. Apesar de já desconfiar de alguma coisa, fiquei pasma com aquela revelação, mais por causa dele, que eu pensava me contar tudo. Estranhei demais. Ele nunca falou nada, e depois da mudança, nunca mais perguntou dela. Ela tinha dúvidas se ele também se apaixonou, porque não tinha respondido às cartas que enviou para o trabalho dele. Ela havia prometido que a relação devia ser completo segredo, mas diante do sumiço dele e pelo fato de não responder nenhuma carta, ela resolveu se abrir comigo.

Que razões ele podia ter? Queria muito perguntar e numa noite interrompi sua leitura, fechando o livro de supetão, e ele, espantado, arregalou os olhos. Falei o nome da Marcela e ele percebeu a minha raiva. Pediu para que eu sentasse na cama e deitou a cabeça nas minhas pernas. Então me contou tudo. Sua tristeza, que ele guardava trancada naquele quarto, era não encontrar saída para a situação. Lamentava não ter condições financeiras para assumir uma relação mais séria com ela, muito menos a educação de uma criança. Eu o sosseguei. Não seria ele que assumiria as duas, mas nós todos. As duas poderiam ficar muito bem vivendo ali em casa. Ele ficou com uma expressão menos triste por um instante. Eu disse que ficaria tudo bem, mas depois disso, a Marcela é que não respondeu mais nossas cartas.

## Mãe

As coisas dele só deixei buscar uma semana depois. Quando telefonou, bravo, depois se fingindo de coitado, avisei que deixaria alguém para acompanhá-lo. Eu sairia com as crianças. Pedi que me ligasse, dias depois, para cuidar do divórcio. Eu ainda tinha que procurar um advogado. Se não quisesse que eu mencionasse o motivo da separação, devia nos deixar a casa. Concordou e ainda prometeu enviar uma boa pensão. Eu recusei, mas por um tempo o dinheiro foi depositado na minha conta e lá ficou até que precisamos muito dele.

Quando deixou de depositar pesquisei o motivo e descobri que tinha vendido sua parte na loja e não sabiam dele. Tinha dito para o Olavo, seu sócio, que se mudaria para o Tocantins e que ficaria rico no novo estado. Pouco depois o governo rapinou quase todas as poupanças e o dinheiro da venda da loja evaporou. E ele desapareceu.

Se eu encontrava alguns dos nossos antigos amigos, dava um jeito de ter notícias. Realmente não sabiam do seu paradeiro. As crianças cresceram rápido demais e aprenderam a não o mencionar, a apagá-lo por completo da memória. O menino soube do abuso aos retalhos.

Eu não gostava de mencionar a história. Insistia que minha filha convidasse suas amigas para passar os fins de semana em casa, visitávamos os parentes com maior frequência, inventava qualquer coisa para ficar perto dela, tudo para que não tivesse tempo de reviver aquilo. Mesmo assim, tantas vezes nos deixava falando sozinhos. Se cobrássemos sua atenção, pedia desculpas e se isolava em algum cômodo da casa. Não gostava que eu entrasse em seu quarto. Eu insistia. Não queria que chorasse sozinha.

Quem conseguia consolá-la melhor era o irmão. Quando ela se acalmava, eu derramava um pouco do fel contra meu marido, e o meu filho absorvia junto. Mais tarde, ao descobrir tudo, ficou determinado em confrontar o pai.

# Pai

Lavínia. Ela dizia que era seu nome, mas todo mundo a chamava de Tanajura. Além da bunda gigante, tinha as pernas muito gordas, irregulares por causa da celulite.

Consegui um dinheiro e comprei um litro de cachaça. Mostrei para ela e disse que mais tarde podíamos tomar juntos. Eu mesmo não tinha certeza se tomaria, ainda estava evitando o álcool e o pessoal achava estranho e ria disso. Por um instante, com o litro na mão, os dedos tremeram com vontade de abri-lo. Mas não sobraria nada para a Lavínia. Então guardei a garrafa.

Ela ficou me rodeando a tarde toda, pedindo a cachaça. Não dei nem uma dose. À noite me trouxe uma sacola com comida, uma sobra de restaurante, e comemos juntos. A gordura de um pedaço de carne que ela tinha dificuldade de mastigar, por causa dos poucos dentes, escorria pelo queixo e ela limpava com a manga da camisa suja. E ria.

Nos acostumamos com a sujeira em quase tudo ao nosso redor: nossos panos e quinquilharias, nossa roupa, cabelo, pele. O mal cheiro do nosso corpo não incomodava mais o nariz e nossos banhos quase se limitavam aos dias quentes, quando conseguíamos algum lugar ou água. Eu pensei em perguntar alguma coisa do passado de Lavínia. Talvez ela mentisse porque todos gozavam das suas mentiras frequentes. Eu mesmo não tive uma vida bem confortável? Mas decidi não perguntar nada.

Comemos tudo, contando o que dei ao Gruel. A própria Lavínia também dava da sua parte. Então deitamos um pouco no canto dela, uma varanda de uma casa abandonada. Já era tarde suficiente para que não passasse tanta gente na rua. Saquei a garrafa. Acho que a Lavínia tinha passado o dia todo sem beber: um brilho nos olhos com o reflexo da luz do poste. Começou a fazer barulho com a boca como se já saboreasse a bebida. Deixei que tomasse um gole demorado, depois bebi um pouco. A pinga ardendo na garganta. Tomei alguns goles, mas a maior parte foi ela quem bebeu.

Eu pensei em beijá-la e pelo movimento da cabeça ela também quis. Mas desistimos. Nos acomodamos no colchão velho de solteiro e a puxei pela cintura, para que a bunda encostasse no meu pau. Ficamos assim alguns minutos, e de repente eu senti só mesmo a vontade de a abraçar. Ela pareceu gostar, e dormiu rápido. Depois dessa noite, quando me via, piscava sorridente.

## Filha

Imagino que as outras famílias são bem diferentes da minha. Mesmo ouvindo tantas histórias infelizes, de mortes traumáticas, de falências e traições, parecia que todos encontravam uma maneira de superar. Pelo menos é o que sempre contam. Talvez sejam mentiras, porque quando me perguntam sobre as coisas daqui de casa, simplesmente minto. Se nas outras famílias as tristezas são remediadas com o tempo, se são combustíveis para a união entre eles, na nossa os momentos de alegria apenas antecedem as catástrofes. Os dias maravilhosos na praia eram só uma ilusão, nada mais que uma ilusão criada na cabeça de uma criança, que idealizava um pai amoroso, muito diferente da realidade, do monstro que ele sempre foi. As tardes inesquecíveis com o Flávio não podiam terminar senão em escândalo. Os fins de semana com a Marcela e a Marina foram apenas um paliativo antes desses dias mortos.

O agente da doença foi contaminando devagarinho, adoecendo as pessoas, cada qual com seus sintomas, depois se disseminou pelos móveis, pelo ambiente inteiro da casa. Meu pai foi o primeiro a ser afetado e por isso sucumbiu antes de todos. Minha mãe foi minguando de corpo, a pele perdeu o frescor, os músculos murcharam, o rosto realçou as cicatrizes da melancolia. Passa o tempo todo cuidando da casa ou cochilando na sala, sem ânimo. Meu irmão se trancou ainda mais no quarto. Quando pergunto, com verdadeira curiosidade, sobre suas leituras, diz que não encontrou nada de interessante. Chega do trabalho, come pouco e passa horas lendo até a alta madrugada para não encontrar nada de interessante? As olheiras, a voz sonolenta, denunciam sua depressão.

Nossos móveis estão sujos, quebrados. As manchas do tempo, do descaso, estão tomando conta das paredes e dos pisos. Lá fora, as plantas do jardim não conseguem competir com o rápido crescimento do mato. O dinheiro, cada vez mais escasso, é motivo para discussões. As brigas sempre começam por acusações de que alguém na casa esbanja nossas pequenas economias. Meu irmão comprando livros, minha mãe desperdiçando comida, eu com as roupas. Às vezes passamos horas sem conversar um com o outro. A reconciliação vem quando admitimos que tudo não passa de exagero. Meu irmão compra livros usados, sempre regateando descontos. Minha mãe faz comida para três pessoas e nenhuma delas se alimenta direito. Eu costuro minhas roupas em alguma folga do trabalho.

Quando não estou muito cansada, tento curar as feridas. Ajudo minha mãe na limpeza da casa, auxilio na cozinha. Nesse momento até conversamos um pouco. Mas essas conversas, apesar de passar também por boas lembranças, acabam desembocando em um largo rio de frustrações. No fim vamos perdendo a fala, e o silêncio atesta nossa queda. Em outras ocasiões vou ao quarto do meu irmão e ele lê para mim. Empolga-se com algumas histórias, contrariando sua fala anterior de que não tem achado nada interessante nos livros. Em seguida lamenta que nada disso paga nossas dívidas. Que afinal deveria ter ouvido nosso pai e tomado conta da loja, assumido sua parte quando ele abandonou tudo. Era o dever dele, como o homem da família. Se tivesse estudado alguma profissão decente, lamenta. Tento dissuadi-lo desses pensamentos com um tom de voz tão desanimado que só confirma minha concordância. Por que ainda busco salvar nossa família? É o meu dever. Não foi culpa minha tudo o que aconteceu?

## Mãe

Após três anos, minha filha me apresentou um amigo ou alguém que pretendia convencê-la a namorar. Um rapaz comprido, desengonçado, das sobrancelhas emendadas, meio capacho. Elogiava cada palavra e ato dela, quis agradar o irmão e se mostrou muito educado comigo. Até lamentou bastante a morte do meu marido quando eles ainda eram crianças. Eu e meu filho estranhamos, mas logo entendemos.

Dias depois perguntei se tinha aceitado o pedido de namoro e ela contou que não passou de alguns beijos. Senti certo alívio. A maneira que mencionou os beijos não aparentou trauma, nem nojo. Finalmente as coisas retornariam ao seu curso natural: ela se casaria, eu cuidaria com paixão dos netos.

O segundo relacionamento da minha filha, então ela já tinha dezoito anos, durou nove meses, e eu só soube através de uma conversa dela com o irmão, quando estava triste com o rompimento. Nunca conheci o namorado, ou melhor, vi de relance quando cruzamos com ele na rua, e meu filho o apontou. Tinha uma careca bem avançada, uma cara de pai dedicado, e ia puxando uma menina pequena pela mão. Aquele não tinha mesmo cara de namorado, parecia mais um marido. O problema é que ele já tinha uma esposa.

Achei muito bom que tivesse terminado o relacionamento. Esse, sim, não me parecia apenas de beijos e suspiros. Descobri que ela se encontrava às escondidas, em algum motel ou quarto alugado. Será que teve alguma esperança, algum sonho de viverem juntos depois que ele cumprisse a promessa de se separar? Quantas outras mentiras ele deve ter contado e quantas vezes se gabado da amante quase adolescente, da menina linda com quem se esbaldava?

## Filho

Meus avós, pais da minha mãe, morreram com um ano de diferença, antes que eu nascesse. Ela começou a falar deles com maior frequência depois da doença, quando já confundia as coisas. Apesar disso suas histórias ajudavam a reconhecer como eles eram, como foi a juventude da minha mãe. Alguns exageros sobre a felicidade, a boa convivência, o saudosismo de tempos tão bons eram desmentidos quase em seguida por histórias de maus tratos e pobreza.

Em quais memórias eu devia acreditar? Eu sempre confiei mais nas tristes e minha irmã tendia a concordar comigo. Ela mesma não se lembrava daqueles avós. Nossa mãe lamentava que eu não tivesse conhecido nenhum deles. Sempre se transformam com a chegada dos netos, dizia. Certamente pretendia que seus pais fossem bonachões e carinhosos, como, em geral, são os avós.

Se algum deus realmente existisse, ele gostava de testar nossa força e paciência, já que os pais do meu pai só prestavam atenção em nós quando precisavam dar broncas e orientar sobre o melhor comportamento. Visitá-los era como ser mandado à direção da escola. Também eles morreram cedo. Primeiro o meu avô, de infarto. Minha avó acordou com ele duro ao seu lado na cama. Esses detalhes ouvi escondido. Eu devia ter seis ou sete anos e não me deixaram assistir ao enterro. Minha irmã quis ficar comigo, na casa de uma vizinha. Em poucos minutos esquecemos por qual motivo estávamos ali e começamos a brincar felizes, na grande sala da mulher. Às vezes ela vinha ver o porquê do barulho, mas não nos repreendia.

Dois anos depois morreu minha avó. De doença. Meu pai, confuso, falou dos pulmões, do pâncreas, do fígado, e não deixou claro qual foi o órgão responsável. Deve ter sido uma falência múltipla. Um câncer que tomou todos os órgãos. Era tão fácil morrer de doenças que isso nos conformava mais rápido. No funeral havia muita gente velha e por um bom tempo eu me distraí com minha irmã tentando adivinhar que doenças poderiam ter. Alguns tinham o aspecto saudável, mas quando caminhavam pelas ruas do cemitério, para o sepultamento da nossa avó, se escoravam nos parentes mais novos e reclamavam da distância, da falta de fôlego, da dor nas pernas.

Minha irmã foi a primeira a beijar nossa avó, um beijinho medroso na testa. Eu mal encostei os lábios na bochecha gelada. Nosso pai chorou mais sentido quando enfim fecharam o caixão. Eu achei que devia estar bem leve, porque os homens o carregavam com certa facilidade, em passinhos curtos. No fim da vida ela estava muito magra, um esqueleto antes mesmo de morrer.

## Pai

Primeiro recolheram a Lavínia e outros dois que eu não conhecia. Tinha acabado de ajeitar a minha cama e o canto do Gruel. A moça veio falar comigo. Bonitinha, o cabelo escorrido no ombro. Disse que era da Prefeitura. Os dois caras ficaram quietos. Eu entendi que se não aceitasse a proposta de ir para o tal albergue, eles me colocariam na Kombi à força. A Lavínia acenou para mim, me chamando, e depois piscando sorridente. Devia achar que teriam lá alguma cama de casal. Então me dei conta das minhas coisas e do Gruel. A moça, simpática, disse que cuidariam dele e se eu gostasse do lugar, ele poderia ficar comigo. Também disse que a Prefeitura recolheria minhas coisas.

É mais fácil mentir quando se é bonita. Por outro lado, os dois caras não precisavam abrir a boca. Só estavam ali com as mangas prontas para serem arregaçadas, para garantir que acreditássemos na moça. Eu tentava ganhar tempo com uma série de perguntas. Se descobrisse para onde iríamos, seria mais fácil voltar.

Quando íamos para os albergues, nas noites muito frias, guardávamos antes nossas coisas. Mas aquela moça, de voz tão doce, não deslizava em nada no seu discurso decorado. Entrei na Kombi e a Lavínia arranjou um jeito de me puxar para sentar ao lado dela. Tanto fazia, para ela, aonde nos levassem, desde que pudesse melhorar aquelas carícias que começou a fazer na minha perna. Os outros mendigos estavam no banco da frente, quietos.

Eu brincava com o Gruel através do vidro: as patas dianteiras apoiadas na Kombi, latindo. O que significavam aqueles latidos? Queria me acompanhar ou me chamava para dormirmos sossegados? O pessoal da Prefeitura, na frente do carro, decidia alguma coisa, um dos caras gesticulando meio nervoso. Ouvi a moça dizer que ainda cabiam mais uns seis. Também disse qualquer coisa sobre o tempo de viagem, mas não consegui entender.

Pedi para a Lavínia parar com aquilo. O Gruel estava latindo mais alto. Por isso um dos caras, o nervoso, gritou que o maldito cachorro não calava a boca. Talvez não fossem da Prefeitura porra nenhuma. Só a moça usava crachá e nem dava para ver direito, por causa da luz fraca. Então perguntei para a Lavínia o que tinham dito para ela e ela confirmou o mesmo discurso. Eu tentei abrir a porta, pelo menos para acalmar o cachorro, mas elas estavam travadas. Não podia ser outra coisa: estavam nos sequestrando. Eu cochichei isso no ouvido da Lavínia e ela se espantou por um instante. Depois piscou. Que idiota. Os outros continuavam tranquilos. Mas quem sequestraria moradores de rua? A troco de quê? Fiquei mais nervoso e me levantei para tentar bater no vidro da cabine da Kombi. Me vendo pelo espelho, um dos caras ligou o carro e saiu rápido. Mal deu tempo de ver o Gruel tentando nos acompanhar.

## Filha

Eu estava sozinha em casa quando meu pai telefonou. Perguntei com quem queria falar. Ficou em silêncio, mas eu ouvia o chiado da ligação e o barulho da rua. Antes que eu desligasse, porque comecei a achar que era engano, me chamou de filha. E então a voz remeteu àquela última noite: a barba rala dele roçando meu pescoço, os beijos molhados perto da orelha e aquele *filha, filha*.

Eu afastei o telefone do ouvido com o braço tremendo. Queria que a minha mãe ou meu irmão estivessem por perto. Um deles poderia segurar o telefone. Poderiam desligar ou mandá-lo à merda. Conseguia ouvir sua voz rouca, insistindo *filha, filha*. E era a mesma, enquanto acariciava a minha nuca e os meus cabelos, tão carinhoso que se não fosse a saliva escorrendo no meu braço, as mãos apertando meus seios, talvez confundissem mesmo com um chamado paternal. Mas aquela boca de dentes amarelos e tortos, os olhos alucinados com a visão do meu pijama sendo abaixado, eu não reconhecia.

Com muito custo coloquei o telefone de volta ao ouvido: um barulho de motor, na certa um caminhão apagando a voz dele. Eu imaginei a boca se mexendo, como se muda por causa do motor. Um dos braços se movimentando rápido como de costume quando se exaltava ou queria atenção. Mas naquela noite, tão controlado, se fosse o braço direito, estaria abrindo minhas pernas, escorregando os dedos como lagartas de fogo, subindo pelas coxas, trespassando a perna frouxa do pijama. Não machuca, filha, é só um carinho. A mão esquerda, talvez segurando o telefone, os mesmos dedos compridos e grossos que me apertavam, que puxaram pelo elástico do short, depois a calcinha, e abriram minhas pernas com certa força, maior que a minha vergonha, ali os meus pelos que eu não queria que ninguém visse.

Depois do caminhão um silêncio estranho, quem sabe não tivesse ido embora e deixado o telefone pendurado, balançando no orelhão. Naquela noite não se contentou com mexer nos pelinhos, foi abrindo caminho com os dedos, com as mãos, com o resto do corpo, afastando ainda mais minhas pernas, calma, filha, é só um pouquinho.

Ainda estava ali, quase gritando ao telefone, a respiração alterada como naquela noite, arfando sobre mim, uma careta disforme, a última careta antes de afrouxar os músculos e de novo a boca, agora seca, perto do meu ouvido. A barba rala raspando minha bochecha, eu te amo, filhinha, o papai te ama muito. *Filha, filhinha*, bem audível ao telefone. Eu torço tanto para que você morra, foi o que disse, antes de desligar.

## Mãe

Fui a segunda de cinco filhos que a minha mãe pariu, em partos sempre difíceis. Quando resolveram operá-la, já nem era necessário, por causa da idade. Três eram meninas. Sobrou para mim as tarefas da casa. O cansaço da minha mãe no fim do dia era uma alegria para os meus irmãos, que aproveitavam para as estripulias enquanto ela cochilava no sofá. Eu tinha antes que ajeitar a bagunça do jantar e implicava com os meus irmãos para que não a acordassem.

Meu pai, nesse tempo, trabalhava de guarda noturno, e, quando voltava pela manhã, não gostava de achar a casa desorganizada. Eu concordava com ele devido a uma crença que tinha na infância: era natural que o homem se revoltasse contra o relaxo da esposa. E desse jeito achava normal que ele explodisse com xingamentos e humilhações. Além disso lamentava o trabalho terrível de ficar acordado a noite toda, andando no galpão enorme da fábrica. Minha mãe ficava quieta. Talvez esperasse que ele percebesse que cuidar de um galpão era mais fácil que suas tarefas, a de cuidar de uma casa: a limpeza, a alimentação com pouco dinheiro, a educação dos pequenos selvagens.

Minha mãe estava quase banguela aos quarenta anos. Tinha que sorrir com a boca quase fechada. Mas quando esquecia e se animava demais, mostrava as gengivas nuas, meio roxas. Então eu me envergonhava.

Um dia, na escola, a professora perguntou se queríamos ser como nossos pais, se a vida deles nos inspirava, algo assim. Eu pensei que a inspiração servia para o seu contrário: eu não queria, nunca, ser como minha mãe. Desde então, sem coragem de dizer que não queria uma vida daquelas, comecei a ser desaforada, a maltratar as pessoas de casa. Achava detestável aquela maneira de viver. Ela não entendeu a minha mudança. Reclamou com minhas irmãs.

Quando comecei a namorar escondido inventei uns pais diferentes. Dizia que estavam viajando. Era o que gostaria que fizessem: nos levassem para conhecer lugares diferentes, que eu via nas revistas.

Meu marido agradou o meu pai por ser um falastrão, e minha mãe porque ela soube, pelo jeito de se vestir, que ele tinha algum dinheiro. Não por cálculo em benefício próprio, mas pelo meu. Por isso andavam relevando minhas atitudes. Se aquele namoro desse certo, se virasse um casamento, eu poderia ser feliz, fora da nossa casa. E realmente fui. Por um tempo. A casa perto da cachoeira, as pequenas viagens antes que nascesse a menina, os primeiros anos das crianças soltas pelo jardim. Enfim eu tinha uma vida diferente da minha mãe.

## Filho

Minha mãe ficava no quarto com a janela fechada. Do lado de fora a mata ganhou viço e os galhos mais altos despontavam as folhas de um verde mais claro, recém-crescidas por causa das chuvas de janeiro. Havia uma algazarra de pássaros, de micos. Em uma tarde nos reunimos todos no quarto, impressionados com os vagidos de bugio, que desconhecíamos. Minha irmã abriu as janelas para entrar luz e brisa, respirou fundo o cheiro da chuva, da terra, das plantas, e tentou convencer nossa mãe desse prazer salutar. Pedimos que tentasse adivinhar qual pássaro estava cantando. E ela se cansou logo desse jogo, começou a prolongar os silêncios até que minha irmã saiu do quarto — havia tanto o que fazer no resto da casa — e, então, ela se levantou com dificuldade e fechou a janela.

O câncer se alastrou. Para me despedir eu vinha todos os dias ao quarto com um livro novo e tentava entusiasmá-la para ouvir um conto, um trecho de um romance ou um poema. Perguntava se podia abrir as janelas e ela dizia que preferia sem o barulho da mata. Certa vez interrompeu minha leitura e confessou que não suportava toda aquela vida do lado de fora. Preferia quando estava escuro, sem poder ver direito os móveis. Me recordo de cada gaveta, compartimentos do guarda-roupa e da cômoda, disse. Do piso, tapetes e paredes. Sei de cor onde estão. Nem as más lembranças superam a dor de agora, lamentou.

Minhas leituras não ajudavam muito. No começo, quando as dores eram menores e os remédios faziam mais efeito, sua atenção permitia que interviesse em trechos que a instigavam. Pedia para ouvir outra vez uma passagem. Depois disfarçava a falta de concentração. Nessas horas eu aumentava a voz e o seu sobressalto a devolvia, por poucos minutos, a um enredo que pratica-mente ignorava.

Mais tarde, no avançar da doença, eu lia por osmose, ela sequer percebia minhas pausas para olhar o quarto, para tentar não sufocar com o mau cheiro que já grudara nas roupas, nos lençóis, na madeira.

Uma noite sonhei que a casa pegava fogo e minha irmã estava no quarto com minha mãe. Eu arrombava a porta para libertá-las das labaredas, e elas me olhavam como se agradecessem aquele fogo. Qual das duas tinha acendido o fósforo e despejado querosene na pilha de roupas? Mas a confusão do sonho indicava que eu era o culpado pelo incêndio. Durante alguns dias rememorei a cena da cama cercada pelas chamas com as duas em pé, sorrindo.

## Pai

Quando chegamos na cidade, os primeiros raios de sol refletiam nos prédios. O cara nervoso estava mais irrita-do e gritou que precisariam dar sorte de encontrar uma rua deserta. Reclamava com a moça, porque ela insistiu em nos convencer a entrar amigavelmente na Kombi, uma conversa educada que gastou muito tempo.

Eu tinha vindo a maior parte do tempo querendo des-cobrir o caminho. Às vezes cochilava e quando acordava só via a escuridão. Devíamos estar longe. O rapaz nervoso dirigia e ficou circulando por umas ruas sujas, com construções velhas. Havia poucas pessoas. Por fim achou uma rua deserta e parou o carro. A moça abriu as portas e pediu que saíssemos. A Lavínia perguntou onde ficava o albergue e não teve nenhuma resposta. Tonta, a Lavínia. Saímos meio capengas: as pernas tantas horas dobradas, os outros mendigos meio sonolentos. Se aproveitaram da nossa perturbação e saíram rápido com a Kombi, nos deixando ali, num lugar totalmente desconhecido.

Eu só pensava em voltar. Perguntei para a Lavínia se me acompanharia e ela disse que queria conhecer a cidade. Aos poucos os outros foram se afastando e a Lavínia me chamou para ir junto. Eu fiquei. Se ela quisesse voltar comigo, eu esperaria até à noite. Esperei em vão. Eu tinha medo de andar pela cidade, medo de encontrar qualquer coisa que fizesse ficar. Mendigos não diferem uma cidade da outra, um bairro, uma rua, basta encontrar uma praça para se encostar. Só pensava no Gruel correndo até não aguentar, atrás da Kombi. Ficaria lá me esperando? Sairia para procurar comida, mas voltaria na esperança de me encontrar? Quanto tempo suportaríamos um sem o outro? Muita gente maltrata os animais de rua só por prazer. Se a Prefeitura estava limpando a cidade, com os cachorros não seria diferente.

Também lembrei das minhas coisas: o livro do alemão, alguns jornais, uma sacola de roupa, uma pequena escultura de madeira. Os outros mendigos se espantavam com meu apego a alguns objetos. Estavam mais que acostumados a perder coisas e contar com a sorte de ganhar ou encontrar coisas novas. Cada dia era uma incerteza, gostavam de repetir, cada um à sua maneira. Para que se prender? É claro que dos cachorros não queriam se afastar. E se algum deles morresse atropelado, envenenado ou fosse recolhido pela carrocinha, lamentavam pacientes. Dias depois encontravam um substituto. Eu não pretendia substituir nada. Precisava, de qualquer maneira, voltar.

O que é difícil confessar, por ser algo tão ingênuo, era a esperança que eu nutria de reencontrar minha família. Acreditava que o tempo e as dificuldades poderiam amenizar as mágoas. Eu sonhava em ter o perdão do meu filho. A minha mulher podia se sensibilizar com a minha situação. A minha filha, quem sabe? Imaginava que pudesse estar casada. Eu podia ser avô. E a minha mulher eu não conseguia imaginar com outro homem. Alguém bem confortável na nossa casa, um pai melhor que eu. Naquela noite dormi bem perto de onde havia marcado com a Lavínia. Quando amanheceu comecei a voltar a pé para a minha cidade.

# Filha

Durante vários dias eu ouvi aquela voz rouca. Andava distraída no trabalho a ponto de me acidentar. Em casa tinham que repetir as perguntas. Eu apurava os ouvidos porque, de vez em quando, parecia que ela, aquela voz, chamava do portão. De madrugada acordava assustada e acendia a luz rapidamente para ter certeza de que ele não estava no quarto. Desde que minha mãe o tinha expulsado, só tive medo quando meu irmão resolveu procurá-lo. Mas era um medo amenizado pela esperança de que o encontrasse morto. Com a notícia de a Prefeitura tê-lo enterrado como indigente.

Agora ele estava de volta, ressuscitado, ressuscitando meus pavores. O que pretendia? Ser perdoado para poder voltar para casa, voltar ao quarto da minha mãe, reconquistar os filhos? Queria, ao menos, um quartinho no quintal para se abrigar? Nesse caso é possível que minha mãe concedesse. Por isso escondi dela o telefonema. Nem contei ao meu irmão.

Minha mãe descobriu que eu tinha pesadelos e me fez revelar o motivo. Passou uma noite toda comigo, contrariando minhas palavras, cada vez que eu me culpava pelo abuso. Me contou da empregada, da vez que entrou devagarinho na casa e viu meu pai tentando abusar da moça. Ela disse que por muito tempo acreditou que a empregada se aproveitava da situação. Também contou que meu pai não perdia a oportunidade de traí--la no trabalho e que frequentava puteiros toda semana. Certa vez esteve apaixonado por uma tal Janaína, dizia o nome dela na cama, certamente uma prostituta. Minha mãe aguentou tudo se fazendo de cega. Chorou para dizer que a culpa era dela, sim, porque não soube escolher um homem decente, e quando descobriu o quanto ele era imprestável, não teve coragem de expulsá-lo de casa. Antes que o pior acontecesse.

O que explicava minha apatia em todas as vezes que tocava o meu corpo daquele jeito? Eu perguntava e minha mãe me abraçava. Dizia que eu era uma criança e ele se aproveitou do meu amor, do medo, da insegurança, da ingenuidade. Perguntei se era natural que eu ficasse molhada quando ele fazia aquelas coisas, e ela disse que a culpa não era minha. Não era. Eu devia considerá-lo morto, como ela. Já tinha conseguido esquecer seu rosto e as poucas coisas que fizeram de bom juntos. Duvidei um pouco da minha mãe. Mas percebi em seguida que qualquer lembrança feliz não era suficiente para perdoá-lo. Prometemos enterrá-lo de uma vez. Ela trocaria o número do telefone e, se ele aparecesse no portão, chamaria a polícia. Também concordou que não comentaríamos nada com meu irmão. Deitamos abraçadas, ela mexendo no meu cabelo, a luz do amanhecer atrás das cortinas. Foi a vez em que estive mais próxima da minha mãe. Aliviada.

## Mãe

A velhice e a doença são duas das melhores maneiras de se prender ao passado. O futuro não é mais que a certeza da morte se aproximando. Quando se está muito velho, o fim é uma espécie de alívio. Se a doença é dolorosa, o alívio é em dobro. Descobri os sintomas do câncer de mama numa segunda-feira. Acordei com a blusa do pijama manchada de sangue e um dos mamilos muito doloridos. Ainda assim, achei que tinha passado a unha durante o sono e apenas tomei banho com todo o cuidado porque doía demais.

Três dias depois sangrou outra vez e resolvi ir ao médico. Ele, com uma cara de pouco caso, pediu exames. Demoraram porque disseram que a fila estava enorme. Nesse tempo, toda noite, tive que colocar um pano sob a blusa. Às vezes não acontecia nada, mas havia manhãs em que eu acordava assustada. Não contei para os meus filhos e dava um jeito de esconder os panos ensanguentados. Achei que o cansaço daqueles dias fosse por causa do sangue perdido. Colocava papel higiênico dentro do sutiã, mas nunca saía mais do que poucas gotas.

Os exames me desanimaram por completo. Dessa vez o médico fez uma cara de dó. Parecia sentir pena. Me mostrou e explicou os resultados, surpreso e triste pelo câncer ter se espalhado tão rapidamente. Talvez eu viesse apresentando os sintomas há mais tempo. Perguntei das chances que eu tinha, perguntei se resolvia tirar o seio, apelei para a fé, e ele só movimentava a cabeça, tentando ser otimista. Eu tive raiva e medo. Perguntou da minha família e lembrei do meu marido. Se ainda estivéssemos juntos, ele sofreria, cuidaria dos meus últimos dias? Será que gastaria nossa pequena riqueza em tratamentos? Ou daria um jeito de acelerar minha morte?

Esperei algumas semanas até ter a calma suficiente para contar aos meus filhos. Ele me abraçou forte, segurando as lágrimas. Minha filha passou um tempo paralisada e por fim veio também. Naquela tarde morremos juntos, ou iniciamos esse processo, não sei. À noite começaram o meu velório: arrumaram a casa no meu lugar, em boa hora porque eu já não aguentava mais todo o esforço; me acomodaram no sofá, trouxeram comida. Quando não estava na faculdade, meu filho lia para mim, comentava com entusiasmo sobre as descobertas que fazia nos livros e eu me empolgava com ele, ria, ficava curiosa ouvindo as histórias com tantos personagens. Me animava saber que, no fim, eu seria uma boa lembrança, mas minha ausência não atrapalharia sua autonomia. Depois, sozinha, recordando esses momentos, sofria de saudade precoce.

Quando ficava sozinha com minha filha, eram maiores os silêncios, os olhares comovidos. E principalmente por ela, eu queria viver mais tempo. Tinha medo do seu jeito retraído. Mas por causa das dores, eu queria morrer o quanto antes. Também sofria porque tudo acabaria tão rápido. A morfina servia para suavizar as alternâncias entre o desejo de morrer e a esperança infantil de me curar.

## Filho

O que eu posso recordar daquele dia, além da minha mãe estirada no caixão? A madeira ruim, pintada com uma tinta marrom clara, brilhante, as alças imitando bronze — talvez se soltassem com o peso -, o véu branco que a minha irmã quis manter, cobrindo o rosto. As flores: tão baratas. Por mais que eu quisesse olhar apenas o caixão e fantasiasse que ela levantaria um dos braços, a cabeça, e se admiraria daquela gente reunida, meu delírio era interrompido por causa de uma conversa, de um movimento qualquer.

Um besouro preto, enorme, se batia contra a lâmpada e assustava umas senhoras que insistiram em passar a noite ali, rezando. Dentre elas uma tia, o cabelo liso até o meio das costas, tão íntima de cristo. Citava palavras da bíblia para lamentar os descaminhos da humanidade. Eu não me lembrava dela, mas menti todas as vezes que falava comigo para contar dos filhos e dos nossos encontros felizes. A tia quis saber se podia dizer uma palavra antes de fecharem o caixão, e eu apontei minha irmã, que cuidava de tudo.

Alguém trouxe duas garrafas de café, muito forte. Antes de tomar meio copo consultei o relógio para me certificar há quanto tempo não dormia, e passava das três da manhã. Outros insetos se sacrificavam na lâmpada. Os paramentos de alumínio brilhavam tanto que confundiram alguns insetos. Rosto por rosto, uns dez, vi que ninguém chorava. Até aparentavam uma cara despreocupada, quase indiferente. As vozes baixas pareciam uma demonstração de respeito, mesmo que as conversas não tratassem da morta.

De onde eu estava sentado via o paramento central, uma rosácea pontiaguda fora de esquadro em relação aos candelabros e ao caixão. Levantei com a intenção de arrumar, mas vi um gato parado na entrada. Chamei-o quase assoviando entre os dentes cerrados, e ele continuou estático. Um gato amarelo, vira-lata. Fui até ele e enfim se mexeu. Fiquei aliviado, tanto que resolvi segui-lo pelo corredor que levava à rua principal do cemitério. Não demorou em sumir entre as lápides. O céu estava esplêndido, mas a copa de algumas árvores atrapalhava vê-lo melhor.

Só muito longe deu para ouvir o motor de um carro. Nas casas, distantes, poucas luzes estavam acesas. É quinta-feira, eu pensei. Se minha irmã não tivesse chamado, talvez desse uma volta entre os túmulos. Voltando para atendê-la, concluí que não sabia o porquê daquela vontade idiota. Quis saber onde eu pretendia ir. Ver as estrelas, respondi. Melhor seria um céu nublado e vento forte rangendo os galhos das árvores, continuei, mas ainda há gente viva precisando de um céu como esse.

Depois que voltei, ela se sentou por algum tempo ao meu lado, silenciosa. Eu me mantive impávido até quando amanheceu uma claridade suave. Aos poucos um raio deslizou pela parede. Fiquei acompanhando a faixa de luz, na expectativa de que chegasse ao caixão. Nesse momento, como se tivessem combinado uma procissão, chegaram algumas pessoas que tinham ido dormir em casa e outros que não puderam vir antes. Se aproxima a última hora, eu lamentei quieto. Então todo exercício para reter na memória os objetos, qualquer movimento, as frases sem propósito — a melhor maneira que encontrei de não pensar na minha mãe estirada no caixão — não teria mais nenhum efeito.

## Pai

Parecia um bom lugar: prédio muito antigo de dois andares. Pelas frestas das paredes passava um vento gelado. Eu teria que dar um jeito de conseguir alguma coberta, de madrugada. O assunto durante o dia todo tinha sido a previsão do tempo, mas eu estava acostumado com tanto alarme. Sempre tinha alguém que ameaçava: nos próximos dias vai piorar. Se fosse verdade, eu procuraria um abrigo da Prefeitura. Enfrentaria o medo de reencontrar o pessoal da Kombi. Mas essa coragem eu tinha só porque não conseguia dormir, o corpo todo tremendo de frio.

Se estivesse comigo, o Gruel encostaria as costas na minha barriga e se esquentava. Por duas ou três vezes confundi outros cachorros na rua, com sua altura, cor e latido. Durante as semanas de caminhada, dormindo na estrada, nas margens das cidades, em alguma construção abandonada, procurando comida ou me distraindo com qualquer besteira, a saudade e a preocupação com Gruel me impulsionava a voltar.

Nesse percurso de volta, muitos pensamentos diferentes, além do Gruel, se apossavam da minha mente. Os peitinhos adolescentes da Janaína. As auréolas escuras. Eu teria fugido com ela? Uma casinha no campo para trabalhar duro do nascer ao pôr do sol. Ela me olhando da porta, capinando, cuidando da criação. Sonhar com essa mentira faz passar o tempo, engana um pouco a memória. Como estaria hoje? Qual seria a cara dela, naquela época, se ouvisse minha proposta? Se ela aceitasse minha proposta, eu teria mesmo abandonado minha mulher? Escreveria uma carta?

DESAVISO 169

Uma cena de criança me vem à mente. A calcinha branca da minha prima com uma mancha escura. Ela levantou a saia e disse: fiquei menstruada. Eu fiquei olhando com cara de tonto. Você sabe o que é isso?, ela perguntou. Eu não sabia muito bem. Continuei com a cara de tonto. Então ela riu alto e me puxou pelo braço até o banheiro. Tirou a saia, a calcinha e se limpou na minha frente. Depois tirou a blusa e saiu andando nua até o quarto. Pegou um absorvente. Colocou na calcinha e a vestiu, arrumando os pelos para dentro do elástico das laterais. E por fim vestiu a sai e a blusa de novo. Eu pensei tanto naquela cena que achei que fosse ficar doido.

Vou te ensinar direitinho. Vem comigo, rapazinho. Ela abriu bem a boca, rindo alto, e faltava um dente do lado direito. Eu ainda olhei para o meu pai e para o meu tio e eles, quase sérios, me encorajaram. Tinha quinze anos. A mulher, o cabelo tingido de amarelo, a cinta-liga marcando as coxas gordas, subindo as escadas. A cama rangia com ela em cima de mim. Disse que eu era muito gostosinho, bonitinho. Mas não precisava dizer mais nada porque eu já tinha terminado.

Na cachoeira minha mulher me beijava, apaixonada. Estava afoita. Eu segurava sua cabeça, afagava seus cabelos e me desvencilhava um pouco, tentando acalmá-la. Beijava seu pescoço. Me afastava de novo, falando sempre, enquanto olhava para ela. Era tão linda.

Depois de casados, várias vezes ela recordava esse dia e sua paixão reacendia. A cada lembrança enfeitava ainda mais o encontro. Podia ter transado com ela debaixo da cascata, mas a queda d'água era forte demais e tinha medo de que alguém chegasse. Então fiquei acariciando seu corpo, admirando sua beleza. Foi ali que eu decidi pedi-la em casamento.

A campainha tocou e ficamos paralisados. O volume na minha calça e a roupa dela toda desarrumada. Eu corri para o banheiro, mas voltei mais rápido ainda para o quarto. Com o dedo na boca exigi que ficasse quieta. Ela ajeitava a roupa. Então fui de vez para o banheiro. De lá ouvi minha mulher conversando com ela. Pediu que a empregada ajudasse em alguma coisa na cozinha.

Quando, enfim, cheguei à minha cidade, na porta do abrigo, estava lá o filho da puta do motorista da Kombi. Eu me escondi atrás de um carro, do outro lado da rua. Será que já trabalhava ali antes de me levar na Kombi? Havia ido ao abrigo poucas vezes, só quando o frio estava insuportável, e não conseguia me lembrar. Com raiva procurei por perto um pedaço de madeira ou ferro para bater nele. Uma procura idiota: eu não teria coragem. Ele lá, intimidando quem chegava. Devia achar que invadiam a casa dele. Estúpido. Esperei que fosse embora, mas ele entrou e eu decidi que voltaria no dia seguinte. Se eu desse sorte, naquela noite distribuiriam cobertas.

Entregaram a sopa no começo da noite. Cheguei devagar, desconfiado. Mas o pessoal não era da Prefeitura e, se fosse, talvez não me reconhecesse com o cabelo e a barba, bem compridos. Os dedos esquentaram segurando a vasilha e eu fiquei cheirando, aquecendo o nariz. Estava tão quente que podia queimar a língua.

## Filha

Quando minha mãe sentiu os primeiros sintomas, o câncer tinha tomado todo o seio direito da minha mãe. Ao chegar da editora, meu irmão encontrou a casa toda escura e demorou a nos achar no quarto dela. Ela havia conseguido dormir e eu, ali deitada, fazia companhia. Ele acendeu a luz e se assustou com a gente. Então saí devagarinho da cama para não a acordar e fomos para a sala. Contei que ela tinha passado o dia todo com muita dor. Ele se alarmou.

No dia seguinte eu acordei pouco antes das seis para ajudar minha mãe com o café, e ela sequer tinha levantado. Achei que era efeito dos remédios ela dormir tanto. Continuava deitada, encolhida, os olhos fundos. Na verdade, estava acordada, mas disse que não aguentava se levantar. Tinha ido ao banheiro, lavado o rosto, e voltado para a cama. Dói muito, dizia. Eu telefonei para o trabalho pedindo uma folga, e fomos ao hospital. Resolveram dar remédios mais fortes e insistimos por novos exames.

Durante três dias esteve bem: meu irmão no quarto, eu e minha mãe conversando sobre boas lembranças e as esperanças para o futuro. Ela queria que um dia tivéssemos condições de viajar. Fazia planos de conhecermos praias do Nordeste, e sempre devaneava com roteiros que incluíam o Caribe, a Espanha e a Grécia. Às vezes me chamava na sala para mostrar uma revista de viagens que tinha comprado. Gostava de listar as coisas que faríamos naqueles lugares, as fotos tão lindas. Eu sonhava junto com ela. Dizia que também queria conhecer Paris, para tomarmos champanhe olhando a Torre Eiffel. Quando nos ouvia, meu irmão brincava que só sairia do país se fosse para visitar a Rússia. Queria abraçar qualquer pessoa na rua e beijar como verdadeiros irmãos. Talvez agora que abriram as fronteiras conseguiríamos ir, eu dizia.

Ao saber o resultado dos novos exames, a primeira coisa que a minha mãe disse foi que cancelássemos as nossas viagens. Ou melhor, disse que ela não poderia nos acompanhar.

## Mãe

Durante três dias as dores foram insuportáveis e pedi para que meu filho aumentasse a dose de morfina. Então amanheci melhor, até parecia curada, não fosse uma sensação de ausência. À tarde, quando minha filha chegou do trabalho, pedi que me levasse à Igreja. Não era uma tradição na minha família ir às missas, nem aos domingos. Mesmo assim, no dia-a-dia, minha mãe não economizava nos conselhos e nos exemplos religiosos.

Naqueles dias de muita dor, eu desejei com mais força morrer o quanto antes. E a ideia de que isso seria um pecado grave, de repente, começou a pinicar minha cabeça. Passei a temer o limbo. Eu imaginava um lugar escuro e solitário, silencioso, em que os gritos faziam eco longe e não tinham nenhuma resposta. Era o castigo para quem desejasse a morte, para quem se entregava como se quisesse se matar.

Minha mãe contou que um homem, nosso vizinho, tinha se enforcado e demorou para que a alma dele pudesse sair do escuro. Eu não queria acreditar, precisava de alguma certeza e pensei em ir à Igreja com essa intenção. Não fazia ideia de que nos horários sem missa fosse tão silenciosa. A luz da tarde era suavizada pelos vitrais. As portas laterais deixavam entrar uma brisa. Havia uma senhora bem velha no primeiro banco, com a cabeça branca abaixada. Uma freira passou pelo corredor central e sumiu pelo lado direito do altar. Percebi minha filha impaciente e pedi que ela fosse dar uma volta, poderia visitar as lojas e me pegaria depois de uma hora. Ela até podia se atrasar.

Eu não sabia se tinha algum padre para conversar. Não era uma confissão que eu pretendia. Não queria sequer mencionar os desastres que se abateram sobre nossa casa, além da minha doença. Eu só queria perguntar se era perdoável desejar a morte. Supunha o que o padre diria: era um pecado grave. Mas minha preocupação não eram suas palavras, nem o tom, mas sim o seu olhar.

Quando saiu, minha filha espantou três pombos que voaram até o parapeito de um dos vitrais. A velha continuava inclinada, no banco da frente. O Cristo crucificado tinha o tamanho de uma pessoa comum, com a cabeça e os olhos caídos. As feridas abertas. Outro santo que eu não reconheci, na lateral, com os olhos vidrados, dava medo. Tentei entender o que contavam as imagens de um dos vitrais, mas não consegui relacionar nada com o catecismo torto da minha mãe.

Comecei a rezar um pai nosso, uma, duas, três vezes, baixinho. Até me esqueci de procurar o padre, resmungando a oração, quando voltou com tudo a dor. Latejava forte. E ainda faltava mais de meia hora para o combinado com minha filha. Me encolhi, gemendo. Eu devia estar fazendo muito barulho quando tocaram meu ombro. Era o padre. Quis saber o óbvio e eu disse gaguejando que doía muito. Ele pareceu lerdo ao caminhar, mas voltou rápido com alguma coisa para eu beber. Tomei dizendo que não adiantaria, que era o tumor pulsando.

DESAVISO 175

Um padre novo, bem jovem mesmo. Disse que Deus me daria conforto. Que eu não tivesse medo. Acho que sempre dizem isso quando se deparam com uma situação inevitável. Como eu supunha, o chá que me deu não resolveu nada. Ele quis me levar para um lugar reservado da igreja e chamar alguma freira para ajudar. Minha filha chegou mais cedo e me levou escorada no ombro até um táxi. Já perto da porta principal, o padre pediu que esperássemos e veio quase correndo perguntar se íamos precisar da visita dele. Eu disse que já tinha antecipado a extrema unção naquele momento, e fomos embora.

## Filho

Não pude cantar, tampouco interpretar. Meu pai ficaria orgulhoso. Por outro lado, não me tornei o homem de verdade que ele pretendia. Nem como eu queria e talvez quisessem minha mãe e, lá no fundo, até minha irmã. Tenho para mim que me veem como um imprestável. Se ao menos conseguisse ganhar algum dinheiro, talvez esse peso seria amenizado.

Nos primeiros dias de faculdade, eu me acomodei em um canto da sala, na fileira da porta. De lá tinha dificuldade de enxergar a lousa. Eu apresentava meus trabalhos sozinho, sem despertar nenhum interesse. As notas não eram piores nem melhores. Era tão fácil se desinteressar pelas aulas, e os professores pareciam indiferentes. As maiores discussões se limitavam a organizar a próxima festa ou uma reunião no bar. A minha justificativa para não ir era a falta de dinheiro que eu transformava em falsos compromissos. Sempre está ocupado, chegaram a me dizer. Achei lisonjeira essa atenção no magricela estranho do fundo.

Geralmente eu lia durante as aulas, seguindo as referências bibliográficas das disciplinas ou a indicação entusiasmada de algum professor. Uma das professoras devia ser pouco mais velha que a média. Loira, bem penteada, as roupas discretas, mas que pareciam de grife, elegantes. Imaginei que devia dar aula por gosto, provavelmente com um marido rico, não precisaria trabalhar se não quisesse. A cada semana, antes da teoria, ela lia um trecho de obra clássica, uma espécie de prefácio para o conteúdo crítico que viria em seguida. Porque gostávamos dela mantínhamos certo silêncio respeitoso, mas pouco atento às aulas.

Um velhote lecionava latim. Sua boca murcha, os lábios inferiores grandes e meio caídos ajudavam a dispersar os perdigotos. Nada daquilo era como eu imaginava: a liberdade e o orgulho de frequentar a faculdade. Se pudesse visitaria cada colega de turma e perguntaria como está a vida. O que aquelas horas mortas representaram no futuro de cada um? Quantos viraram alcóolatras, quantos criaram mal os filhos, quantos são infelizes, casados ou solteiros? Alguém teria morrido em algum acidente trágico? Quem estaria preso por assassinato, furto ou estelionato? E o dinheiro? Disso ninguém gosta de falar, mas se me perguntassem eu responderia que, para morrer de fome, eu preferia ter sido artista, escritor.

## Mãe

Estávamos todos na água, brincando felizes, e nossos pais vigiavam sentados, numa grande pedra na margem do rio. Quando cansamos da agitação, nos chamaram para comer. Eu estava ansiosa porque minha mãe tinha feito um pão que eu gostava tanto, recheado com linguiça. Mas o Pedro, meu irmão, continuou entusiasmado com a água e pediu para ficar mais um pouco. O pai disse que se demorasse ficaria sem comer, e quando disse isso pela segunda vez, ríspido, meu irmão se apressou em vir. Quis atravessar o poço por um lugar mais fundo. Ninguém lá em casa sabia nadar. Ele ficou se debatendo, com os olhos arregalados. Minha mãe gritou e meu pai correu para procurar um galho. Se não tivesse achado e conseguido puxar o Pedro, teria sentido remorso com a morte do filho? Às vezes, com aquela cara sempre fechada, poucas palavras, eu achava que nosso pai não se abalava com nada, não tinha nenhuma dúvida sobre a vida.

Eu ganhei uma boneca de pano. Minha mãe trabalhou alguns dias na casa de uma senhora que contou que sua menina, filha única, tinha tantas espalhadas pelo quarto, que lhe deu aquela de presente. Eu fingia trocar a roupa da boneca, pois não tinha outra para vesti-la e fingia penteá-la, com medo de arrancar os fios de lã. Nunca conversei tanto como naqueles dias. Inventei tantas histórias. O problema é que eu já era bem grandinha para brincar de boneca. Algumas semanas depois, minha mãe pediu que eu fosse até a venda e não permitiu que eu passasse vergonha, sendo já uma moça, carregando uma boneca na rua. Eu fui bem rápido e até esqueci o sabão de coco que ela pediu. Mesmo assim foi tempo suficiente para meu irmão caçula pegar escondido a boneca e jogar para o cachorro. Foi meu pai que achou a boneca dias depois, toda suja e desfigurada.

A tia Mirtes tinha vindo do Paraná e seguiria viagem até Goiás para trabalhar na casa de um parente nosso. Uma gente que eu só ouvi falar daquela vez. O marido da tia Mirtes tinha arranjado um emprego de ajudante de caminhoneiro e viajaria muito. Diziam que era perigoso a tia ficar sozinha com o filho no sítio onde moravam. Venderam tudo para morar em Goiás. Eu ouvi a história até me cansar, porque não entendia quase nada sobre os negócios que iam fazer com terras. E esta é uma história que ficou na minha cabeça. A tia Mirtes, que nunca mais vi.

Um homem, conhecido do meu pai, uma vez contou a história de um fazendeiro muito, muito rico. Ele só conseguia atravessar a fazenda se fosse a cavalo. Um cavalo gigante, todo preto. E se debruçava no pescoço do cavalo, acariciando sua crina, quando se cansava de ver tanto mato e aquele monte de vaca. O fazendeiro saía toda semana para contar suas vacas. Ficava furioso se diminuía alguma. Uma delas foi tomar água no brejo e atolou até a barriga. O empregado que tinha sido mandado para procurar o bicho não tinha encontrado e aí o fazendeiro, com muita raiva, pegou um chicote e bateu demais nas costas do moço. Ele ficou três dias sofrendo com as feridas, que não saravam porque o patrão mandava espremer limão em cima e ainda esfregava sal. O mesmo sal que alimentava o gado da fazenda. Noutra vez jogou café fervendo no rosto de uma negrinha da cozinha porque ela tinha exagerado no pó. Deu um tiro no cachorro mais bonito da fazenda porque ele latiu alto para o seu cavalo. A fama do fazendeiro começou a ficar muito ruim. Diziam que de tão mau, aquele demônio não ia morrer. Mas morreu. Acharam ele sem respirar na cama. O médico foi chamado para averiguar e mandou fazer o enterro. No funeral veio uma multidão curiosa. Ansiosos para vê-lo estatelado no caixão. No dia seguinte ao enterro o caixão apareceu sobre a cova. Dessa vez cavaram mais fundo e de novo ressurgiu sobre a terra fofa. Decidiram que precisava construir uma caixa de concreto e até montaram uma vigília para descobrir se agora o desgraçado ia conseguir fugir. Durou três dias e muita gente saiu rindo, pois dessa vez ele não escapava. Quando todo mundo estava tranquilo, já se acostumando com a vida normal, o caixão apareceu no portão do cemitério, longe do mausoléu da família do fazendeiro. Chamaram novamente o médico, que examinou o corpo que estava lá dentro, ainda intacto e confirmou a morte. Buscaram o padre e ele rezou coisas que ninguém nunca tinha ouvido. Veio gente do Candomblé que invocou os orixás. Uma senhora, tida como feiticeira, disse que não adiantava enterrar porque a terra, a natureza, não aceitava a carne dele.

Outra vez meu pai chegou com uma bacia cheia de jabuticabas. Dois dos meus irmãos não gostaram, então ganhei uma segunda e uma terceira porção. Era uma expectativa deliciosa ouvir o barulho da casca se rompendo para sentir o doce da fruta, a semente escorregando pela garganta.

A professora elogiou minha letra, a organização do meu caderno, o meu cabelo. Quando quis dar um exemplo de limpeza, apontou para mim. No fim de cada bimestre me usou como modelo de dedicação e bom rendimento. A maior parte da turma torceu o nariz, e isso me deixou mais orgulhosa, muito satisfeita com a minha distinção.

Meu pai ganhou um papagaio numa aposta de bar, e era um papagaio novo que não sabia nenhuma palavra. Eu ficava repetindo o meu nome, o nome dos meus irmãos, e umas palavras que eu aprendia na escola. E ele nada. Prestava a atenção, me olhava com a cabeça meio de lado e não dava um pio. É fêmea, disse meu pai.

Ainda era noiva e precisei ir até a obra para entregar dinheiro para o encarregado da construção. Era um homem de voz forte, decidido, de barba escura. Sem que eu demonstrasse interesse, foi percorrendo a obra para me mostrar a evolução. Nada demais, comparado ao orgulho que ele sentia pelo seu trabalho. Na semana seguinte eu levei novamente o seu dinheiro, e reparei na qualidade das paredes, na espessura das vigas. Ele deu prazos para cada etapa e garantiu que eu ficasse tranquila quanto à data do casamento. Ficava feliz com a minha escolha, mas disse que aquilo não era para ele, que preferia ficar sozinho, sentir-se independente. Um mês depois contei para o encarregado que talvez fosse a última vez que iria à obra, já que estava tudo pronto, e ele alongou a conversa, me atrasando até que o restante do pessoal fosse embora. Percebi como ele olhava para mim. Me senti plena, uma mulher interessante.

Meu pai levou um tiro de um dos ladrões que tentaram roubar a fábrica onde ele tinha começado a trabalhar. Ficou uma semana em coma no hospital, até morrer. Minha mãe ainda viu todos os filhos se casarem, e, perto da morte, disse que morria tranquila por estarem todos bem encaminhados. A voz era fraquinha, como as pernas e os braços estendidos na cama. Veio tanta gente se despedir.

Eu adoro chocolate amargo, lasanha de berinjela, vinho e banho bem quente. Só me restou o banho, mas minha filha não aguenta me ajudar por muito tempo.

Era lindo: forte, alto, os olhos verdes, atentos. Eu quis ver outros filmes com aquele ator, mas então ele estava diferente. As personagens sempre imponentes, as histórias intrigantes. Perguntei para o meu marido se era muito caro viajar para os Estados Unidos. Ele disse que seria um dinheiro gasto à toa. Paris e Roma também. Viajar para qualquer lugar era gastar dinheiro à toa. Sempre fiquei pensando que gastar dinheiro à toa deve ser a melhor forma de gastar.

## Filha

Morreu em uma quarta-feira antes do pôr-do-sol. Eu havia descido do quarto dela para comer alguma coisa. Só tinha tomado um copo de café com leite de manhã e estava com muita fome. Da janela eu vi que o dia estava muito bonito, uma tarde sem nuvens com o sol refletindo nas árvores, dourando-as.

Comendo o lanche, saí até o jardim e rodopiei em torno de mim mesma, sentindo o cheiro das plantas, ouvindo a algazarra dos pássaros chegando para dormir. De baixo olhei a janela do meu irmão e pensei que se ele estivesse em casa, abriria uma fresta para ouvir os pássaros. A janela da minha mãe tinha a cortina escura e fechada, porque naqueles últimos dias reclamava sempre da luz. Mesmo assim, deslumbrada com a beleza da tarde, resolvi subir para que ela também pudesse ver.

Estava virada para o lado da janela. Passei pela cama, sem fazer barulho, e abri a cortina. *Mãe, mãe.* A luz entrou voraz pelo quarto depois de tantos dias. Quando voltei a cabeça vi o rosto murcho com os lábios retraídos e os olhos parados. Minhas pernas ficaram bambas e caí de joelhos. Engasguei com o começo do choro, misturado com a falta de ar. Não conseguia levantar a cabeça e ver de novo aquele rosto seco. Aqueles olhos arregalados. Me aproximei devagar, de joelhos e acariciei o seu rosto. A pele áspera. Um braço estendido saía da cama e segurei sua mão meio fechada. Arrumei o braço perto do corpo. Fechei seus olhos, apertei a boca ainda quente.

Os fios de cabelos, agora mais finos, saíam fáceis quando eu mexia neles. Durante três meses eu passei quase todo o tempo cuidando dela. Esperando o seu fim. Cozinhei quando ainda queria comer, dei os remédios nos horários exatos e depois em doses mais fortes para aliviar a dor. Ela reclamava que a comida estava sem gosto, resmungava que os remédios davam ânsia e que não estavam funcionando. E meu irmão mentia que os efeitos eram lentos. Ouvi seu pedido de desculpas por nos deixar órfãos, suas boas e más lembranças, e seus delírios nos últimos dias. De vez em quando ficava nervosa e esbravejava contra Deus. Em seguida se acalmava e pedia perdão, chorando. Lamentava muito morrer jovem. Tinha completado quarenta e sete anos em plena doença e nós arranjamos no quarto um bolo com brigadeiros, que ela gostava tanto. Meu irmão trouxe umas velas bonitas e leu um poema, esperançoso. Depois leu uma carta que ele mesmo escreveu endereçada a ela. Na carta se lembrava das coisas da infância dele, da nossa, algumas histórias engraçadas que nos fizeram rir um pouco, comparou ela a pássaros, a árvores, a grandes mulheres da literatura, e aquilo tudo, infelizmente, tomou ares de despedida. Ele chorou convulsivamente, porque não era aquela a sua intenção. Minha mãe acabou comendo só um brigadeiro. Corri incentivá-la a ter esperança, que os médicos dariam um jeito e os remédios fariam efeito. As coisas ficariam melhores. Eu voltaria a estudar e meu irmão terminaria a faculdade. Prometi tantas coisas, que lembrar agora provoca certo arrependimento.

Não sei quanto tempo depois chegou meu irmão. Então o deixei no quarto e comecei a ligar para vários lugares.

Uma hora mais tarde chegou uma tia e duas primas que eu mal conhecia. O rapaz da funerária, disse que eu não me preocupasse mais. Mas havia tanta coisa para fazer: avisar pessoas que quase não tínhamos mais contato, cuidar de toda a burocracia, preparar alguma comida e bebidas.

Escolhi um vestido azul que ela gostava muito. Na verdade, ela havia decidido que seria enterrada com ele. Tinha pedido para que eu abrisse o guarda-roupa e o procurasse. Eu devia deixá-lo ali sobre a cômoda, passado. Pensando nesses detalhes, riu do absurdo que era aquela exigência.

No velório tinha alguns conhecidos e poucos parentes. Ninguém sabia da doença, e até me repreenderam por não ter avisado. Todos diziam que poderiam ter ajudado e ainda se ofereceram para qualquer coisa. Após as despedidas formais na saída do cemitério, nunca mais encontrei nenhum deles.

terceira parte

# Filho

Chego à janela e fecho a cortina. O sol forte, o céu diáfano, a algazarra nas árvores: eu pretendia dormir mais um pouco. Mas me distraí com a poeira nos dedos, de puxar as cortinas, e resolvi averiguar os móveis. Estão sujos desde que pedi para minha irmã deixar o quarto por minha conta.

Se eu fechasse todas as passagens de vento, acumularia toda aquela sujeira? Passei a mão espalmada sobre a escrivaninha e da camada finíssima de poeira não dava para distinguir sua origem: sedimento, pólen, pele?

Debaixo da mesa uma pequena aranha construiu sua teia. Talvez haja muitas outras, espalhadas pelo quarto, na fissura entre o guarda-roupa e a parede, entre os pés e o estrado da cama, no varão da cortina. Eu devia agradecê-las por me livrarem dos mosquitos que me dão certo asco. São os primeiros a espreitar qualquer coisa podre, sujando suas pernas peludas e colocando seus ovos.

Minha irmã, quando limpava o quarto, se limitava às partes visíveis. E mesmo assim levava uma manhã inteira, porque entre espanar e varrer, abria uma revista ou bisbilhotava meus papéis. Depois, quando termina ou se cansa de especular as garatujas, limpa os móveis e o piso, sem prestar muita atenção. Sempre saio quando ela está limpando o quarto, mas percebendo o silêncio ou a demora, chego de mansinho para ver o que a distrai.

Eu bem podia arrastar os móveis e tirar da escuridão a imundície que deve ter se acumulado ali durante anos. Das gavetas alguma revista pornográfica. Encontrar algum livro extraviado. O pequeno sino, que acabou voltando para mim.

Nossa mãe, na época mais aguda da doença, me deu um terço e pediu para pendurá-lo na cabeceira da cama. Implorou para que eu fizesse alguma oração antes de dormir. Ainda está ali o terço, e a promessa que eu fiz, de rezar, não se cumpriu.-

Se fizesse a limpeza retiraria o terço e na hora decidiria se o jogava no lixo ou guardava na gaveta. Talvez jogasse tantas quinquilharias fora. E a mudança deveria começar daí: me desfazendo de toda aquela sujeira e objetos inúteis. Quase tenciono meus músculos a ponto de começar a fazê-las, mas gasto o tempo observando a marca da minha mão na poeira da escrivaninha, a pequena aranha, o terço na cabeceira, e só me levanto para fechar a cortina, e volto a dormir.

# Filha

Morreu de frio. Acharam todo encolhido, enrijecido, no fim da tarde, depois que outro mendigo estranhou que permanecesse tanto tempo dormindo. Naquela noite foram três. Só ele tinha documentos e o jornal divulgava o nome completo. Pretendiam que alguém da família reclamasse o corpo à Prefeitura. Caso contrário seria enterrado como indigente.

A reportagem também apresentava uma foto do que devia ser outro defunto. Um velho. Estava todo coberto de papelão. Um cachorro parecia posar para a foto, o olhar em direção ao possível dono, lamentando a perda.

Como seria a foto se fosse meu pai? Entre suas coisas tinha alguma foto da família, qualquer lembrança que o fizesse chorar durante as madrugadas? Um simples objeto que pudesse gerar arrependimento? Reli várias vezes seu nome, a idade, as informações sobre o frio daquela noite. Ler o nome alto remetia a uma série de lembranças da minha mãe, chamando-o pela casa. Eu mesma, bem pequena, brincava de chamá-lo pelo nome, em vez de pai. Uma premonição de que ele se tornaria um estranho. Era assim que eu queria ler no jornal: os dados completos de alguém que não faz a menor diferença, no máximo a compaixão por uma morte tão infeliz.

Imaginei que fosse terrível morrer de frio, lutando contra uma força que vai se apoderando do seu corpo aos poucos. Sente-se dor ou simplesmente perde-se a percepção das extremidades do corpo? Será que o ar congelante entra como se rasgasse os pulmões? E a tremedeira incontrolável aumenta o desespero? Lamento imaginando toda essa cena com outra pessoa qualquer, como aquele velhinho ao seu lado. Um alívio porque agora não há nenhum risco de ele telefonar ou rondar a casa. Todas as vezes que alguma imagem me faz relembrar, fecho os olhos e me concentro em outros pensamentos, me dedico a algum trabalho com mais vontade.

Estranho é que eu não costumava ler o jornal. Raramente folheava antes de deixar no quarto do meu irmão. Porque tinha acordado mais cedo, decidi sentar no sofá e verificar as notícias. A foto das folhas de papelão, do cachorro desconsolado e o título de que haviam morrido três mendigos por causa do frio chamaram minha atenção. Como explicar a coincidência? Não importa. Pensei em subir e acordar o meu irmão para lhe mostrar. Desisti. Dobrei o jornal e guardei na bolsa. No caminho para o trabalho joguei no lixo. Torci para que ele não saísse e resolvesse comprar outro.

Quando voltei, à noite, meu irmão perguntou do jornal e dei uma desculpa. Durante aquela semana estive angustiada e ansiosa, com medo de que algum conhecido ou parente nos visitasse com aquela reportagem.

## Filho

Acordei sobressaltado porque meu pai saía de trás de uma cortina de água, de uma cachoeira muito alta, e se sentava em uma pedra grande que sumia parcialmente na terra ou na areia. De uma mata minha mãe trazia minha irmã, criança, e ela se acomodava no colo dele. As duas indiferentes às carícias que ele fazia. Os olhos dele faiscavam. Eu me mantinha escondido entre as árvores. Quando meu pai apertou com mais força, minha irmã gritou pela mãe e ela tinha os olhos esbranquiçados, os cabelos soltando em tufos pelo chão.

Achei que fosse de madrugada e abri as cortinas em vez de olhar o relógio. Começava a escurecer. Na sala tinha um dinheiro e um bilhete da minha irmã pedindo que eu comprasse algo para o jantar. O que eu podia comprar? Não tinha vontade de comer e não conseguia pensar em outra coisa que não fosse o sonho.

Talvez minha irmã chegasse logo do trabalho e por isso resolvi sair para ir ao mercado. Não queria que chegasse sem que eu atendesse ao seu pedido. No caminho pensaria no que comprar.

# Filha

Eu dava a última olhada nas portas e janelas para verificar se estavam trancadas. Pegava água na geladeira, desligava as luzes da cozinha e da sala a caminho do quarto. Mas antes de entrar reparava na lâmpada sempre acesa do quarto do meu irmão. Batia na porta e entrava depois que ele autorizava. Um hábito que ele sempre repreendia. Eu lhe desejava boa noite, reprovava o estado do quarto e prometia limpar no dia seguinte. Dizia que ele mesmo o faria, mas nenhum de nós cumpria a promessa. Tinha mais de uma semana que repetíamos aquela mentira. Depois eu entrava no meu quarto, ajeitava o copo com água na mesinha de cabeceira e deitava. Dormia fácil e seria tão bom acordar tarde todos os dias. Às seis despertava o relógio, um barulho estridente, insuportável. Eu praticamente pulava da cama. Se me virasse para um último cochilo, perdia a hora do trabalho.

Enquanto preparava o café, mesmo tendo lavado por um bom tempo o rosto na água fria, sentia o peso das pálpebras. Cochilava no ônibus. Queria encontrar um serviço mais perto de casa, qualquer coisa que pagasse melhor por menos horas de trabalho. Um sonho idiota. Também sonhava que meu irmão encontrasse um emprego, algo que o fizesse se sentir útil.

Eu começava às oito. Um serviço terrível de atender os clientes da loja, quase o dia todo. À tarde as horas se arrastavam, aumentava o número de clientes e os pés começavam a doer. Mesmo nos dias mais frios ficava suada e eu me sentia constrangida no ônibus de volta, achando que fedia. Ao chegar em casa corria tomar banho. Quando terminava, às vezes encontrava meu irmão na sala. Eu lamentava o trabalho e os preços altos, mas não entrava em detalhes para não o deixar mais triste. Cada vez menos assistíamos a um filme na televisão ou ouvíamos música. Eu acabava cochilando. Jantávamos alguma coisa trivial porque não queria me dar trabalho. Ele lavava alguma verdura, descascava legumes, pegava coisas no armário. Depois eu lavava a louça e limpava porcamente o fogão. Passava um pano na cozinha e o piso parecia continuar sujo. A cada dois dias eu varria a sala. Deixava a faxina mais pesada para os fins de semana. Mas o maior cansaço vinha de pensar que, no dia seguinte, nada de novo aconteceria.

Duas amigas do trabalho insistiram que eu fosse a uma festa. Eu relutava alegando cansaço, que precisava fazer o jantar, que o lugar era longe. Fui e o tempo inteiro tentavam me animar, me puxando para dançar, me mostrando uns rapazes interessantes. No dia seguinte souberam que eu beijei o primo do dono da casa. Logo cedo minhas amigas estavam cochichando pelos cantos, cheias de risinhos.

Esperavam uma oportunidade de me encurralar. Ele ligou para uma delas, querendo saber sobre mim: se era solteira, onde morava, o telefone. Elas queriam detalhes sobre o beijo, que horas aconteceu, pois não tinham visto nada. Eu mesma não sabia direito. Começaram a enumerar uma série de vantagens do pretendente: tinha algum dinheiro, uma boa profissão, e era romântico. Alguém cuja vida estável seria meu porto seguro.

Na ânsia de tanto assunto levamos uma bronca do gerente. Todas elas esqueceram os elogios ao amor, à paixão avassaladora, em troca de um casamento seguro e insípido. Enquanto falavam, eu relembrava as conversas da minha avó, das tias, e avaliava se não tinham razão. Até quando eu suportaria aquele e outros empregos ruins? E se meu irmão, de repente, fosse embora, como eu aguentaria a solidão? Por outro lado, eu me lembrava do primo do dono da casa: Everaldo, sua mão suada, seu cheiro de álcool, sua boca grande. Imaginava seu corpo enorme num sofá, tirando os sapatos e remexendo os dedos de onde subia um forte chulé, e nacos de pele seca e morta dos meios dos dedos caindo pelo chão; e ele exigindo que eu caprichasse mais na comida, na limpeza da casa, no cuidado das crianças muito parecidas com o pai.

Durante a tarde, me olhavam, levantavam as sobrancelhas. Se tinham alguma chance, me perguntavam baixinho o motivo de tanta demora em ligar para ele, se era insegurança ou orgulho. Que, pelo menos, eu experimentasse. Na festa eu não tive tempo de conhecê-lo melhor. Podíamos sair para comer e eu escolheria um restaurante fino. Talvez um cinema ou teatro. Segundo elas, ele era muito culto, falava mais duas línguas, tinha viajado ao estrangeiro. Perguntei as línguas e por quais países e se enrolaram para responder. Não é bonito, concordaram entre si, mas isso tem mesmo importância? No fim do expediente, o gerente quis saber por que estávamos tão alvoroçadas. Respondi que não era nada sério. E não era mesmo.

## Filho

Para agradar minha irmã, fui até o mercado mais próximo. Chovia uma garoa fina e eu tinha esquecido o guarda-chuva. Por mais que me apressasse, a chuvinha ia penetrando na roupa, esfriando a pele. O cabelo escorria na testa. Um cachorro se escondia debaixo de um toldo. Quando encontrava alguém vindo na minha direção era custoso desviar do guarda-chuva por conta da calçada estreita.

Certa vez meu pai me levou até a padaria. Dois quarteirões apenas, mas com minhas pernas curtas de criança, achei longe. Quase tudo na rua era uma novidade para mim. Na padaria eu pedi um sonho. Quando íamos sair tinha começado a garoar. Devo ter olhado para ele com um ar curioso. É só uma garoa, disse. Eu adorei ficar molhado e suportei tranquilo as broncas da minha mãe, principalmente porque eram mais direcionadas ao meu pai. Me senti, assim, destemido, até à noite, quando tive febre.

Do outro lado da rua um pai leva o filho. O rapazinho veste uma grossa capa de chuva. Parece um boneco com a roupa amarfanhada. O pai tenta apressá-lo, mas as pernas são curtas. Por vezes é quase arrastado. Por quantos séculos e milênios essas cenas ainda vão se repetir, com poucas variações? Meu pai deve estar morto, aquele pai logo também estará, e o filho terá a sua própria criança para arrastar sob a chuva. Eu, ao menos, romperei este ciclo.

A mocinha do caixa é vesga. Quando se vira, para devolver o troco, puxa uma mexa de cabelo que tampa o olho esquerdo. Eu sorrio, cúmplice com sua artimanha, e ela ruboriza, porque percebe minha perspicácia. Vai precisar de uma sacola plástica por causa da chuva, ela diz. Aceito.

A garoa tinha aumentado, e mesmo assim saí decidido. Depois que virei a esquina amainei o passo. Então ouvi os saltos da bota. Mais atrás, uns trinta metros, vinha um homem: sobretudo, a cara escondida pelo guarda-chuva. Diminuí ainda mais o passo achando que me ultrapassaria. Ele fez o mesmo e eu ouvia mais lento o repicar dos saltos da bota. Aumentei a velocidade e ele me acompanhou. Virei a primeira esquina e não demorou que virasse também. Não se vestia como eu imaginava os ladrões e eu não parecia ser alguém que valesse a pena ser assaltado.

Mas o medo nos transforma em seres patéticos. Tomado de coragem, gritei para saber o que queria de mim, por que me perseguia e, ao me virar para me confrontar com a resposta, encontrei a calçada vazia. Que loucura. Pelo resto do caminho, voltei ensimesmado.

## Filha

Cheguei em casa e não vi meu irmão na sala. Também não estava no quarto dele. A não ser que estivesse perdido naquela bagunça, eu ri. Abri as cortinas e a janela. Podia empilhar os livros na mesinha e recolher os copos e os pratos, mas fiquei estática olhando os móveis e desisti. No corredor ainda parei arrependida e prometi a mim mesma que mais tarde o faria. Na cozinha havia um bilhete dele avisando que foi procurar algum trabalho. Que bom, eu pensei. Prometi novamente, cochichando, arrumar o quarto dele. Mas antes achei melhor fazer o jantar.

A geladeira estava quase vazia e nos armários também tinha pouca coisa. Cozinhei batatas para um purê e fritei, em cubos, uma carne de porco. Duas coisas que meu irmão adorava. Comi menos da metade e deixei o resto no forno. Amontoei a louça para lavar depois que ele comesse e sentei na sala para ouvir música. A limpeza do quarto podia esperar um pouco. Era muito boa a sensação de alívio, deitada no sofá, prestando atenção na música. Permaneci assim por mais de uma hora, como se sonhasse algo bom.

Era bom ficar sozinha e pensei que, apesar disso, várias vezes temi a solidão caso meu irmão resolvesse ir embora. Mas por que iria? Sem emprego, dinheiro, onde morar, por qual motivo sairia de casa? Eu não sabia mais de nenhum de seus namoros, mas certamente não tinha ninguém, porque das vezes em que se envolvia, acabava me contando alguma coisa. E como namoraria se quase não saía de casa? É claro que tinha tempo suficiente para encontrar com alguém enquanto eu trabalhava, é verdade, mas não me parecia disposto.

Pensava nele aqui em casa, escondido no quarto, lendo, anotando trechos de livros e suas impressões. Devia, de vez em quando, vir beliscar alguma coisa na cozinha ou deitar no sofá da sala. É evidente que não era tudo. Que coisas estranhas e secretas ele devia fazer sozinho em casa o dia todo?

Se eu morasse sozinha, não perderia tanto tempo com serviço da casa, eu pensei. E nos meses quentes poderia andar nua pela casa. Quem sabe me arriscaria a tomar sol no jardim, pelada. O sol pelo corpo inteiro. Se desse coragem, depois caminharia até a cachoeira.

# Filho

Minha irmã entrou no meu quarto. Certamente fez isso antes de sair para o trabalho. No bilhete que deixou diz que o dia amanheceu lindo e que seria bom arejar o quarto. Deve ter feito como se flutuasse e tivesse pelúcia nas mãos porque não ouvi nada, mesmo tendo sono leve.

Antes de dormir eu tinha tentado ler e as frases não faziam muito sentido. Os parágrafos eram cortados pelo som das botas, pela perseguição que eu havia sofrido, mas não tinha nenhum motivo para que me perseguissem.

Fechei o livro e passei a ouvir música. Na rádio anunciaram a Serenata melancólica de Tchaikovsky. Por que não tocam qualquer coisa alegre? Enquanto ouvia, perambulava pelo quarto, esbarrando nos móveis. Abri as cortinas e não havia estrelas, nem a lua. O céu devia estar encoberto. Mesmo assim continuei olhando lá fora e, por um lapso, ao movimentar a cabeça, vi uma minúscula luz entre as árvores. Um vaga-lume, imaginei. Mas era outro tipo de luz: avermelhada. Eu abaixei o volume do rádio, como se a música atrapalhasse enxergar algo, mas em seguida intuí que se fosse alguém poderia fazer barulho na mata. Será que conseguiria, lá de fora, ouvir a música?

Nada, nem luz, nem ruído que não fosse de insetos ou alguma ave noturna. Para me tranquilizar de vez, cerrei as cortinas e me deitei, fechando os olhos para atrair o sono. O relógio fazia um barulhinho contínuo e eu comecei a contar os segundos, os minutos. Passava das duas.

Às duas e trinta e sete levantei e resolvi ler outra vez. Afastei o canto da cortina e estava lá, no mesmo lugar, alguém com o cigarro aceso. Soltei o pano de prontidão e, tentando me acalmar, fui abrindo a fresta outra vez. Quem estivesse observando certamente veria meus movimentos e devia estar se regozijando com meu tormento, tragando com mais força, avivando a brasa. Era um fogo muito pequeno, talvez imperceptível se a noite não estivesse tão escura. O que eu deveria fazer? Nenhuma das opções que me vinham à cabeça servia: sair e confrontar quem estivesse espreitando a casa, acordar minha irmã, chamar a polícia. Eu não queria alarde.

Abri novamente uma fresta mínima na cortina, só o suficiente para o meu olho direito, e vigiei a chama. Em pouco tempo se apagou. Acabou o cigarro ou sumiu na mata, pensei. Também pensei que pudesse ser meu pai. Por algum milagre ou confusão não teria morrido e agora me vigiava para encontrar um jeito de voltar. Se fosse ele, talvez perseguisse minha irmã. Eu precisava arranjar uma forma de perguntar para ela, sem que parecesse uma loucura. E por horas fiquei repassando as palavras que eu poderia usar.

# Filha

Ele não arranjou nenhum trabalho outra vez. Desconfio até que passa as horas andando à toa pelas ruas ou sentado em alguma praça. Nas poucas vezes em que falamos sobre esse assunto, desconversa e adverte sobre a situação econômica do país. Me escondeu por semanas que havia discutido com o editor da revista. Sei muito bem da sua vergonha para voltar ao escritório e pedir qualquer trabalho, mas muito maior é o seu orgulho. Quando tem a certeza de estar com a razão, não admite relevar e em hipótese alguma se desculpar pelo temperamento agressivo. Receio que possa ter o mesmo comportamento comigo caso mostre que estamos nos endividando cada vez mais, e que ele tem culpa nessa situação. Sei que gasta muito pouco: deixou de comprar livros, suas roupas estão velhas e não come muito bem. Raramente me pede algum dinheiro.

As contas de água, luz e telefone, o imposto da casa, subiram tanto e o meu salário continua o mesmo. O dono da loja diz que é a recessão, que não consegue ele mesmo pagar o governo e pede paciência. Só não sei por quanto tempo mais.

Há alguns dias recebi uma cobrança da companhia elétrica. Se eu pedisse que meu irmão economizasse, evitando deixar a luz acesa durante quase a noite toda, temo que se chatearia. Brigaria comigo por tentar tirar-lhe um dos poucos divertimentos. Mas certamente suas leituras não são somente uma diversão. E se não fosse por elas, uma grande parte do meu vínculo com ele se dissiparia. Nossas conversas são maiores e melhores porque ele se entusiasma comentando as histórias, elogiando seus autores prediletos, deslumbrado com os trechos que ele anota ou marca nos livros para me mostrar. Cada vez mais seu mundo está nos livros e, ao falar sobre um lugar descrito neles, parece que anda por aquelas ruas ou por aqueles campos e matas, vigiando de perto os personagens. Seus olhos brilham e suas palavras ganham um tom de autoridade.

Não pude repreendê-lo pelas lâmpadas acesas. Nem por qualquer outra coisa. Meu humor tinha mudado e evitava tocar nesse assunto. Todo o trabalho que eu tinha na loja, em casa, não rendia nenhum fruto. Apenas cansaço e uma perspectiva frustrante para o futuro.

Talvez tivéssemos que vender a casa, tão grande para nós dois. Mais que pagar as dívidas que ainda eram pequenas, nos daria um alívio por um bom tempo, se comprássemos uma casa mais modesta ou alugássemos um apartamento pequeno. Eu remoía essa ideia todos os dias, mas tinha medo de dizer ao meu irmão. Ele se apegava tanto às memórias daquele jardim, da mata e da cachoeira.

# Filho

Meu pai estava morto e eu não acreditava em espíritos. Um ladrão rondava a casa, algum fenômeno natural, o meu juízo atrapalhado pela insônia: qualquer uma dessas explicações servia. Cada uma trazia implícita uma solução: avisar a polícia, aceitar que a natureza é misteriosa, procurar dormir melhor. Levantar, tomar banho e café. Procurar em algum livro diferentes formas de fogo--fátuos. Andar à caça de emprego e, na volta, cuidar do jardim, tomado pelas ervas daninhas. Ocupar o dia com coisas úteis e dormir um sono justo, reconfortante. Ser feliz, afinal, parece simples.

A essa hora minha irmã deve estar almoçando: uma marmita com duas colheres de arroz, uma concha de feijão por cima, ovo cozido e um filé de frango empanado. Pouco varia. Tem meia hora para comer e muito serviço a cumprir. Minha maneira de ajudá-la tem sido ficar trancado nesse quarto sem faxina, comendo bem pouco. Uma ajuda que não me custa nenhum esforço.

E se lá fora, escondido na mata, estiver meu pai, querendo nos tirar a casa, a única coisa que temos? Se quisesse me enxotar e ficar sozinho com ela, ameaçando colocá-la na rua se não se sujeitasse a ele? Eu a resgataria, trancaria todas as saídas com ele dentro da casa, e colocaria fogo. Veríamos as chamas aumentando, as labaredas estourando os vidros, a coluna de fumaça escura subindo muito alto. Então estaríamos livres.

## Filha

Bati na porta e ele não respondeu. Depois de um tempo entrei e coloquei o café da manhã na mesinha. O quarto tinha um cheiro de bolor. Abri a cortina e uma fresta na janela. Ele quase sempre dorme de bruços, abraçando o travesseiro. Na beirada tinha um livro quase caindo. Espalhados pelo quarto, vários outros. Comecei a organizá-los, mas percebi que me atrasaria para o trabalho e desisti. Se ao menos conciliasse tanta leitura com outro tipo de diversão. Na infância era quase insuportável a sua energia. Mal acordava, corria como um louco e caía no jardim. Fuçava nos cantos da casa encontrando sempre algo inusitado para contar. Daí vinha correndo e falando acelerado comigo e com nossa mãe. Um dia era a aranha e a teia maravilhosa, noutro a casa de marimbondo; a pele de cobra e o ninho de pássaros com três filhotes.

Na adolescência, dividia o tempo no quarto, ocupado com as lições da escola, os livros de história cada vez mais complexos, com o jardim e a cachoeira. Já era mais comedido, e tinha certa pose de esnobe. Ao menos tomava sol e aparentava uma boa saúde.

Dormindo daquele jeito, meio encolhido, tinha uma aparência frágil. Havia emagrecido bastante e sua indiferença com as roupas, com o cabelo e a barba, pioravam sua aparência. Também estava mais calado e resmungava coisas incompreensíveis que eu pedia para repetir, e ele desconversava. Devia passar o dia todo trancado no quarto, sem sequer abrir a janela.

Não falava mais sobre o nosso pai, nem queria remexer na ferida do abuso. Apenas estava se lembrando mais da nossa mãe, no pequeno tempo de conversa que tínhamos à noite. Para mim era um alívio que só falasse sobre nossa mãe. Com aquelas memórias eu me sentia mais próxima dela, como se nos tornássemos mais amigas. Lembrava situações, olhares, cheiros, frases que se referiam a ela em todos os cantos da casa, na trilha e na cachoeira. Às vezes meu irmão não descia do quarto ou voltava para lá logo depois do jantar e eu tinha vontade de chamá-lo para me ajudar com as lembranças.

## Filho

A manteiga está rançosa e o pão deve ter três dias de velho. Minha irmã ainda teve o trabalho de espremer um copo de suco de laranja. É possível que tenha esquentado o pão amanhecido no forno, antes de sair para o serviço. Tento lembrar há quantos dias não levanto cedo para acompanhá-la no café da manhã, desejar-lhe um bom dia de trabalho, prometer-lhe que darei um jeito na vida.

Achei que ela estivesse de folga e logo percebo que é quinta-feira e não sábado como havia pensado ao acordar. É uma pena, porque pretendia convidá-la para fazer um piquenique na cachoeira. Ou podíamos almoçar fora e ir ao cinema, à tarde. Se ela não tivesse cancelado a assinatura do jornal, eu poderia ver a programação. Mas o dinheiro tem sido parco para essas extravagâncias. Na certa minha irmã aceitaria a proposta de sairmos, mas perceberia nela, no tom de voz, preocupação com nossa situação financeira.

Abandono metade do pão e um resto de suco e resolvo tomar banho. Depois procuro uma roupa adequada para sair, que fica molhada de suor em pouco tempo andando sob um sol ardido. Preciso voltar antes da chuva e tento distinguir as nuvens grossas se formando ao sul.

Há tanta gente na rua e poucos parecem se importar com o calor. Algo na minha roupa, no meu cabelo, na minha barba — devia ter raspado — talvez os incomode. Tentam disfarçar seus olhares curiosos quando os surpreendo me observando. Me arrependo de não ter pegado um ônibus. Evitaria a camisa suada e não perderia tempo esperando me refrescar antes de subir ao escritório. Agora teria que passar no banheiro, lavar o rosto e molhar a nuca, ajeitar o cabelo desgrenhado. Era preciso uma cara envergonhada para pedir desculpas antes de pedir algum trabalho. Qualquer coisa por uns poucos trocados. Difícil seria aguentar a boca de escárnio do editor. Os olhinhos de pardal esperando que o pedido de perdão, repetido três ou quatro vezes, tivesse uma gradativa dose de humilhação. A minha soberba devidamente espezinhada.

Os meus sapatos estão uma lástima. Podia tê-los engraxado. Devem ao menos servir para convencer da minha necessidade de trabalho.

A dois quarteirões do prédio onde fica o escritório tem uma praça que eu costumava frequentar. Posso descansar um pouco antes de subir. Mas ao procurar um banco livre, à sombra, parece tudo estranho, como se eu estivesse numa praça diferente. Não reconheço as árvores, a distribuição dos bancos. Há uma dezena de mendigos e vários policiais bem atentos.

Consigo um lugar para sentar e parece que sou suspeito. Do meu lado direito, acerca de quinze metros, tem uma banca de jornal. Nela reconheço o dono: um senhor de bigode vistoso. Talvez tenham podado ou trocado as árvores. Também reconheço agora uma mulher que vende doces em uma bancada. O calor está pior porque cobrindo o banco onde sentei, a árvore tem os galhos mirrados e folhas pequenas, de modo que o sol continua castigando.

Resolvo subir logo ao escritório. Mudaram o porteiro. Ele pede que eu espere e, pelo interfone, repete três vezes o meu nome, até que o interlocutor entenda. Então me pergunta qual é o assunto. Não sei o que responder. Digo que agora estou atrasado para outro compromisso, que voltarei outro dia.

## Filha

Pretendia, finalmente, arrumar o quarto do meu irmão. Estava terrível aquele cheiro, a dificuldade de andar sem tropeçar em nada. Tinha manchas no lençol e na fronha. Por isso arranquei os dois para sentar na cama. Fazia um fim de tarde bonito. Talvez o meu irmão estivesse na cachoeira. Quem sabe no parque. Queria terminar o serviço antes que voltasse, mas parecia impossível.

Comecei a organizar os livros e empilhá-los perto de sua escrivaninha. Deixei em um canto os pratos e copos para levar para a cozinha quando fosse buscar a vassoura, o rodo e um pano. Abri o guarda-roupa e tomei outro susto. As roupas estavam misturadas com toalhas, talvez molhadas, cobertas e lençóis. Abri suas gavetas para achar uma fronha limpa, e a mesma bagunça. Na ânsia de encontrá-la, achei uma calcinha. Eu tinha quase certeza que era minha. Uma calcinha branca, de renda, que eu não via há algum tempo e tive preguiça de procurar. Talvez ele tivesse recolhido do varal alguma roupa e juntado sem querer. Ou — certamente foi isso — quis me poupar do trabalho e separou sua roupa na pilha que eu deixava na lavanderia antes de passar e dobrar. Vivia dizendo que suas roupas só precisavam de um enxague. Achava o trabalho de passar um desperdício completo: de tempo e energia. E naquela bagunça, sem dúvida, não tinha percebido a calcinha ali perdida. Tentei me lembrar desde quando não a vestia. Fazia bastante tempo.

Por um instante pensei em fazê-lo passar uma vergonha. Quando chegasse eu a mostraria e perguntaria se o fato de ficar tanto tempo isolado no quarto tinha a ver com aquilo. Perguntar, em tom de brincadeira se ele estava usando calcinha agora? Imaginei sua cara de incômodo, as bochechas vermelhas, os olhos baixos. Os segundos constrangedores procurando encontrar as palavras para se justificar. Mas apenas devolvi à minha gaveta. Depois desarrumei as coisas dele da forma que estavam no início.

## Filho

Abro o jornal que comprei na rua e a primeira matéria que vejo alerta para os altos índices de desemprego. Nos classificados tudo é muito longe e pede especialização. Mais cedo minha irmã procurava nas gavetas do armário uma conta de luz atrasada. Dois meses. O telefone já desligaram. Desisto de pedir algum dinheiro para pagar um ônibus até um lugar que oferece uma vaga razoável.

Trabalhar de sol a sol. Receber orgulhoso no fim do mês um salário digno. Parece tão simples viver, ano após ano, essa repetição prazerosa. Então por que aquelas caras tristes nas ruas? A pressa ou desânimo de quem não vai dar conta de realizar os desejos antes da morte.

Além do jornal, trouxe também pão quente e resolvo comer um. Chamo minha irmã para comer. Ela prepara dois pães, um para ela, outro pra mim. Vai morder ou prefere ficar assistindo a manteiga derretendo no pão?, ela pergunta. Digo que prefiro sentir o cheiro. Continuo comendo depois de levantar da mesa para pegar mais café. O café só é bom por causa do cheiro, eu quase grito porque ela já foi para o banheiro.

Ouço o barulho do chuveiro e imagino a água aos poucos escorrendo pelo corpo da minha irmã. Só consigo visualizá-la aos pedaços, como se a observasse de uma lupa ou por um buraco na porta: os oihos fechados para evitar o xampu, o sabonete deslizando pela pele.

Fantasio que no lugar do sabonete há a mão de um namorado, um homem forte, bonito e que está muito excitado. Eles se acariciam enquanto eu assisto a tudo, sentado num banquinho dentro do banheiro, como se esperasse a minha vez de entrar no chuveiro. Eu também estou nu e excitado.

Minha fantasia se encerra quando ouço o chuveiro desligar e a porta do box se abrir. Ela termina o banho e passa de toalha para o quarto. Escondo minha excitação colocando as pernas no sofá e abraçando meus joelhos. Algumas gotas do cabelo respingam no corredor. Penso no meu pai, se fosse ele agora, aqui no meu lugar. Um sentimento ruim, que passa quando minha irmã aparece vestida na minha frente, penteando os cabelos do mesmo jeito que sempre fez, desde que era menina. Um vestido verde. Está bonita, eu a surpreendo. Vai encontrar alguém especial? Ela faz uma cara incomodada. Vou só ver uma amiga, diz.

Quando ela sai ligo a televisão. Parece que não tem mesmo solução para a humanidade: uma mãe afogou seu bebê na banheira; um garoto se explodiu em um restaurante; toneladas de peixes mortos boiam em um rio envenenado; um rapaz de moto arrasta um cachorro até que o bicho morra esfolado. Desligo a televisão e vou para o meu quarto. Fico em dúvida se pego um livro ou se me masturbo. Decido pelo livro, mas dessa vez, sem o entusiasmo de sempre, o que me preocupa.

## Filha

Lembrar é uma desgraça. Odeio ouvir que, no fim, só guardamos do passado as boas lembranças e que assim é melhor. O que foram nossos bons momentos comparados com tanta tragédia? Sei que por aí são abundantes as famílias felizes, como em uma propaganda de televisão. Mas o que escondem no interior das casas, no disfarce de um sorriso?

Meus melhores dias são aqueles em que não me recordo de nada. Um pequeno fio de lembrança desenrola um novelo inteiro. Cada uma mais dolorosa que a anterior: o meu pai, a minha mãe doente e, por último, meu irmão. Só agora, depois de meses, consigo montar uma linha do tempo, relembrar alguns eventos que antecederam aquela cena absurda. Cheguei do trabalho, tomei banho, comecei a preparar o jantar e nenhum sinal dele. Quando a comida ficou pronta fui chamá-lo no quarto e ele não estava. Também não havia nenhum bilhete e pensei que estivesse por perto, que voltasse logo. Estava demorando muito e resolvi comer. De madrugada eu já estava aflita. Deitei no sofá, ao lado do telefone, e se via alguma luz de carro na rua ou ouvia algum barulho, corria até a janela. Tentei ficar com a televisão ligada, depois o rádio, para me acalmar, mas foi impossível. Se ele tivesse resolvido dormir com alguma mulher, não justificava deixar de avisar. Se tivesse acontecido algum acidente, a notícia teria chegado, porque sempre andava com os documentos. Era o que eu achava, mas quis me certificar e corri até o quarto. A carteira estava caída ao lado da cama. Voltei apavorada para a sala e telefonei para a polícia. Fui informada de que se ele não voltasse até a tarde do dia seguinte, eu deveria ligar novamente ou ir até a delegacia. Pensei em sair pelas ruas, mas tive medo.

Quando amanheceu, estava desesperada. Telefonei para uma das minhas amigas pedindo, não sei como, que avisasse no trabalho que eu não iria. Depois fui a um dos hospitais próximos e no caminho perguntava por ele com uma foto. Nada. Na delegacia me disseram para esperar em casa, que fariam um alerta.

No fim da tarde tive certeza de que tinha acontecido algo terrível. Tive a ideia de ir até a cachoeira, imaginei que pudesse ter ido lá e sofrido algum acidente. Ali, no caminho, estava a imagem que me atormenta. A cabeça caída, a língua, a corda. Os olhos saltados. O corpo nu. Parecia maior, com os pés esticados. Me abracei às suas pernas, como se desse tempo de salvá-lo. Tentava empurrá-lo para cima. Depois não sei quanto tempo fiquei sentada no chão chorando e arranhando a terra. Talvez tenha gritado.

A polícia veio rápido. Da janela de casa eu vi quando passaram com o corpo. Fizeram perguntas que eu respondi a esmo. Um dos policiais ligou para a minha amiga. Ela cuidou das burocracias. Eu apenas assinava, atordoada pelos remédios, mas lúcida o suficiente para repetir várias vezes que não tinha mais ninguém na família, e naquele momento eu pensava se me mataria também, ou se ainda valia a pena viver.

No velório estiveram minhas amigas, o gerente da loja e alguns curiosos. Não me importavam suas palavras de consolo e os cuidados com o enterro, apenas pensava no que seria a minha vida dali em diante, e se valia a pena leva-la adiante. Por quatro dias uma das minhas amigas ficou comigo, me dando calmantes, insistindo para que eu comesse, arrumando a casa. Falava o tempo todo, oferecendo um futuro de esperança. Também queria saber do meu irmão. Queria entender tudo aquilo. Juntas procuramos alguma carta entre os livros, algum indício nos seus cadernos. Não havia nenhuma explicação.

Por que, afinal, meu irmão tinha se matado? Hoje não quero encontrar qualquer explicação. O único alívio é não pensar a respeito. Depois que a minha amiga foi embora continuei arrumando a casa, voltei ao trabalho. Pus a casa à venda e três pretendentes estão bastante interessados. É claro que escondo a história do meu irmão pendurado no caminho da cachoeira. Pedi que o corretor imobiliário levasse os compradores até lá, porque nem gosto de olhar para o início da trilha, e todos voltaram empolgados. Será um bom dinheiro. Alugarei um apartamento no centro. Talvez, viver sozinha, para sempre, seja a única coisa que realmente desejei.

Este livro foi composto em Minion Pro
e impresso em papel pólen natural 80g/m²,
em abril de 2025.

**Impressão e Acabamento | Gráfica Viena**
Todo papel desta obra possui certificação FSC® do fabricante.
Produzido conforme melhores práticas de gestão ambiental (ISO 14001)
www.graficaviena.com.br